Os melhores contos

Obras do autor

Amor de beduíno
Aventuras do rei Baribê
A caixa do futuro
Céu de Alá
O Homem que Calculava
Lendas do céu e da terra
Lendas do deserto
Lendas do oásis
Lendas do bom rabi
Lendas do povo de Deus
O livro de Aladim
Maktub!
Matemática divertida e curiosa (Prof. Júlio César de Mello e Souza)
Os melhores contos
Meu anel de sete pedras (Prof. Júlio César de Mello e Souza)
Mil histórias sem fim (2 volumes)
Minha vida querida
Novas lendas orientais
Salim, o mágico

Malba Tahan

Os melhores contos

Ilustrações de Thais Linhares

30ª edição

EDITORA RECORD
RIO DE JANEIRO • SÃO PAULO
2024

CIP-Brasil. Catalogação na fonte
Sindicato Nacional dos Editores de Livros, RJ.

	Tahan, Malba, 1895-1974
T136m	Os melhores contos / Malba Tahan. – 30ª ed. –
30ª ed.	Rio de Janeiro: Record, 2024.

ISBN 978-85-01-06310-6

1. Conto brasileiro. I. Título.

	CDD – 869.93
01-1698	CDU – 869.0(81)-3

O livro *Amigos maravilhosos*, citado na p. 146, foi publicado em 1956 pela
editora Martins Fontes e está fora de catálogo. *Novas lendas cristãs*, citado
na p. 75, nunca foi editado. Os demais contos fazem parte da obra de
Malba Tahan publicada pela Editora Record.

Projeto de miolo e capa: Ana Sofia Mariz

Direitos exclusivos desta edição reservados pela
EDITORA RECORD LTDA.
Rua Argentina, 171 – Rio de Janeiro, RJ – 20921-380 – Tel.: (21) 2585-2000

Impresso no Brasil

ISBN 978-85-01-06310-6

Seja um leitor preferencial Record
Cadastre-se em www.record.com.br
e receba informações sobre nossos
lançamentos e nossas promoções.

Atendimento e venda direta ao leitor
sac@record.com.br

Sumário

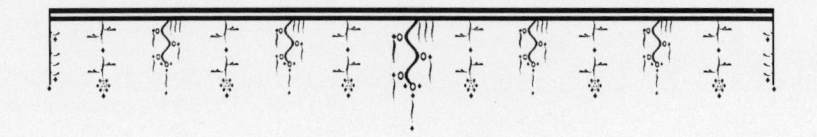

O Livro do Destino

Ninguém escapa ao destino
Oculto ou aparente,
De face serena ou inclemente...

(Das *Mil e uma noites*)

Certa vez — há muitos anos —, quando voltava de Bagdá, onde fora vender uma grande partida de peles e tapetes, encontrei num caravançará,[1] perto de Damasco, um velho árabe de Hedjaz que me chamou, de certo modo, a atenção. Falava agitado com os mercadores e peregrinos, gesticulando e praguejando sem cessar; mascava constantemente uma mistura

---

[1] Refúgio construído, pelo governo ou por pessoas piedosas, à beira dos caminhos para servir de abrigo aos peregrinos. Espécie de "rancho" de grandes dimensões onde se acolhiam as caravanas.

forte de fumo e haxixe e, quando ouvia de um dos companheiros uma censura qualquer, exclamava, apertando entre as mãos o turbante esfarrapado:

— *Mac* Alá! ó muçulmanos![2] Eu já fui poderoso! Eu já tive o destino nesta mão!

— É um pobre-diabo — afirmavam alguns. — Não regula bem do miolo! Alá que o proteja!

Eu, porém, confesso, sentia irresistível atração pelo desconhecido de turbante esfarrapado. Procurei aproximar-me dele discretamente, falei-lhe várias vezes com brandura e, ao fim de algumas horas, já lhe havia captado inteiramente a confiança!

— Os caravaneiros me tomam por doido — disse-me ele uma noite, quando cavaqueávamos a sós. — Não querem acreditar que já tive nas mãos o destino da humanidade inteira. Sim, senhor: o destino do gênero humano.

Esbugalhei os olhos, assombrado.

Aquela afirmação insistente, de que havia sido senhor do destino, era característica do seu pobre estado de demência.

O desconhecido, porém, que parecia não perceber os meus sustos e desconfianças, continuou:

— Segundo ensina o Alcorão — o livro de Alá —, a vida de todos nós está escrita — *maktub*![3] — no grande Livro do Destino. Cada homem tem lá a sua página, com tudo o que

---

[2] Exclamação usual entre os árabes: "Por Deus!" ou ainda: "Exaltado seja Alá!" A palavra muçulmano é derivada de *musin*, "aquele que se resigna à vontade de Deus". Os muçulmanos seguem a religião de Mafoma.

[3] *Maktub!* (estava escrito!), particípio passado do verbo *catab* (escrever). Expressão que bem traduz o fatalismo muçulmano.

de bom ou de mau lhe vai acontecer. Todos os fatos que ocorrem na terra, desde o cair de uma folha seca até a morte de um califa, estão escritos — estão fatalmente escritos — no Livro do Destino!

E, sem esperar que o interrogasse, prosseguiu meneando a cabeça dolorosamente:

— Salvei das mãos do xeque Abu Dolak, depois de uma *razia*[4] terrível, que esse impiedoso beduíno fizera num acampamento da tribo dos Morebes, um velho feiticeiro que ia ser enforcado. Este feiticeiro, em sinal de gratidão, deu-me um talismã raríssimo que tinha uma pedra negra, pequenina, em forma de coração, encontrada, anos antes, dentro do túmulo de um santo muçulmano. E essa pedra maravilhosa permitia a entrada livre na famosa gruta da Fatalidade, onde se acha — pela vontade de Alá — o Livro do Destino. Viajei longos anos até o alto das montanhas de Masirah, para além do deserto de Dahna, a fim de alcançar a gruta encantada. Um djim[5] — gênio bondoso que estava de sentinela à porta — deixou-me entrar, avisando-me, porém, de que só poderia permanecer na gruta por espaço de poucos minutos. Era minha intenção alterar o que estava escrito na página de minha vida e fazer de mim um homem rico e feliz. Bastava acrescentar com a pena que eu já levava: "Será um homem feliz, estimado por todos;

---

[4] Ataque de beduínos, seguido de morticínio, devastação e saque.
[5] Djins e efrites são gênios sobrenaturais, em cuja existência os muçulmanos acreditavam. Atualmente essa crendice só subsiste nas classes incultas. Os djins são benfazejos, ao passo que os efrites se divertem com o mal que podem fazer às criaturas.

terá muita saúde e muito dinheiro!" Lembrei-me, porém, dos meus inimigos. Poderia, naquele momento, fazer grande mal a todos eles. Movido pelos mais torpes sentimentos de ódio e de vingança, abri a página de Ali Ben-Homed, o mercador. Li o que ia suceder, no desenrolar da vida, a esse meu rival e acrescentei embaixo, sem hesitar, num ímpeto de rancor: "Morrerá pobre, sofrendo os maiores tormentos!" Na página do xeque Zalfah el-Abari gravei, impetuoso, alterando-lhe a vida inteira: "Perderá todos os haveres; ficará cego e morrerá de fome e sede no deserto!" E assim, sem piedade, ia ferindo e atassalhando todos os meus desafetos!

— E na tua vida? — indaguei, mirando-o com surpresa. — Que fizeste, ó caravaneiro, na página que o destino dedicara à tua própria existência?

— Ah, meu amigo! — atalhou o desconhecido, contorcendo as mãos, desesperado. — Nada fiz em meu favor. Preocupado em fazer o mal aos outros, esqueci-me de fazer o bem a mim mesmo. Semeei largamente o infortúnio e a dor, e não colhi a menor parcela de felicidade. Quando me lembrei de mim, quando pensei em tornar feliz a minha vida, estava terminado o meu tempo. Sem que eu esperasse, me surgiu pela frente um efrite — gênio feroz — que me agarrou fortemente e, depois de arrancar-me das mãos o talismã, me atirou fora da gruta. Caí entre as pedras e, com a violência do choque, perdi os sentidos. Quando recuperei a razão, me achei ferido e faminto, muito longe da gruta, junto a um oásis do deserto de Omã. Sem o talismã precioso, nunca mais

pude descobrir o caminho da gruta encantada das montanhas de Masirah!

E concluiu, entre suspiros, com voz cada vez mais rouca e baixa:

— Perdi a única oportunidade que tive de ser rico, estimado e feliz!

Seria verdadeira essa estranha aventura?

Até hoje ignoro. O certo é que o triste caso do velho árabe de Hedjaz encerrava profundo ensinamento. Quantos homens há, no mundo, que, preocupados em levar o mal a seus semelhantes, se esquecem do bem que podem trazer a si próprios?

(De *Céu de Alá*)

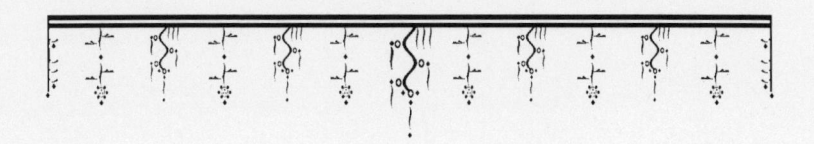

Aprende a escrever na areia*

(Lenda oriental)

Dois amigos, Mussa e Nagib, viajavam pelas extensas estradas que circundam as tristes e sombrias montanhas da Pérsia. Ambos se faziam acompanhar de seus ajudantes, servos e caravaneiros.

Chegaram, certa manhã, bem cedo, às margens de um grande rio, barrento e impetuoso, em cujo seio a morte espreitava os mais afoitos e temerários.

Era preciso transpor a corrente ameaçadora.

---

*Em árabe: *"Taallam au takub ála arrame"*.

Ao saltar, porém, de uma pedra, o jovem Mussa foi infeliz. Falseando-lhe o pé, precipitou-se no torvelinho espumejante das águas em revolta.

Teria ali perecido, arrastado para o abismo, se não fosse Nagib.

Este, sem um instante de hesitação, atirou-se à correnteza e, lutando furiosamente, conseguiu trazer a salvo o companheiro de jornada.

Que fez Mussa?

Chamou, no mesmo instante, os seus mais hábeis servos e ordenou-lhes gravassem na face mais lisa de uma grande pedra, que perto se erguia, esta legenda admirável:

"Viandante! Neste lugar, durante uma jornada, Nagib salvou, heroicamente, seu amigo Mussa."

Isto feito, prosseguiram, com suas caravanas, pelos intérminos caminhos de Alá.

Alguns meses depois, de regresso às terras, novamente se viram forçados a atravessar o mesmo rio, naquele mesmo lugar perigoso e trágico.

E, como se sentissem fatigados, resolveram repousar algumas horas à sombra acolhedora do lajedo que ostentava bem no alto a honrosa inscrição.

Sentados, pois, na areia clara, puseram-se a conversar.

Eis que, por um motivo fútil, surge, de repente, grave desavença entre os dois companheiros.

Discordaram. Discutiram. Nagib, exaltado, num ímpeto de cólera, esbofeteou brutalmente o amigo.

Que fez Mussa? Que farias tu, em seu lugar?

Mussa não revidou a ofensa. Ergueu-se e, tomando, tranquilo, o seu bastão, escreveu na areia clara, ao pé do negro rochedo:

"Viandante! Neste lugar, durante uma jornada, Nagib, por motivo fútil, injuriou, gravemente, o seu amigo Mussa."

Surpreendido com o estranho proceder, um dos ajudantes de Mussa observou respeitoso:

— Senhor! Da primeira vez, para exaltar a abnegação de Nagib, mandastes gravar, para sempre, na pedra, o feito heroico. E agora, que ele acaba de ofender-vos tão gravemente, vós vos limitais a escrever na areia incerta o ato de covardia! A primeira legenda, ó xeque, ficará para sempre. Todos os que transitarem por este sítio dela terão notícia. Esta outra, porém, riscada no tapete de areia, antes do cair da tarde terá desaparecido como um traço de espumas entre as ondas buliçosas do mar.

Respondeu Mussa:

— É que o benefício que recebi de Nagib permanecerá para sempre em meu coração. Mas a injúria... essa negra injúria... escrevo-a na areia, com um voto para que, se depressa daqui se apagar e desaparecer, mais depressa ainda desapareça e se apague de minha lembrança!

"Assim é, meu amigo! Aprende a gravar, na pedra, os favores que receberes, os benefícios que te fizerem, as palavras de carinho, simpatia e estímulo que ouvires.

"Aprende, porém, a escrever, na areia, as injúrias, as ingratidões, as perfídias e as ironias que te ferirem pela estrada agreste da vida.

"Aprende a gravar, assim, na pedra; aprende a escrever, assim, na areia... e serás feliz!"

(De *Mil histórias sem fim*)

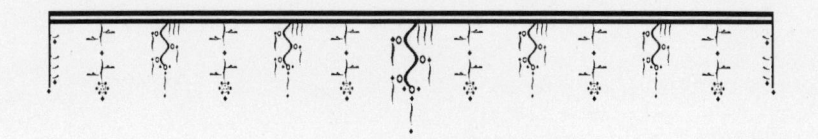

O sábio da efelogia

Durante a última excursão que fiz a Marrocos, encontrei um dos tipos mais curiosos que já vi em minha vida.

Conheci-o, casualmente, no velho hotel de Yazid El--Kedim, em Marrakech. Era um homem alto, magro, de bar-bas pretas e olhos escuros; vestia sempre pesadíssimo casaco de astracã, com esquisita gola de peles que lhe chegava até às orelhas. Falava pouco; quando conversava com os outros hós-pedes, não fazia, em caso algum, a menor referência à sua vida, ou ao seu passado. Deixava, porém, de vez em quando, esca-par observações eruditas, denotadoras de grande e extraordi-nário saber.

Além do nome — Vladimir Kolievich —, pouco mais se conhecia dele. Entre os viajantes que se achavam no hotal de El-Kedim, constava que o misterioso cavalheiro era um antigo e notável professor da Universidade de Riga, que vivia foragido por ter tomado parte numa revolução contra o governo da Letônia.

Uma noite, estávamos, como de costume, reunidos na sala de jantar, quando uma jovem escritora russa, Sônia Baliakine, que se entretinha com a leitura de um romance, me perguntou:

— Sabe o senhor onde fica o rio Falgu?

— O quê? Rio Falgu?

Ao cabo de alguns momentos de baldada pesquisa nos escaninhos da memória, fui obrigado a confessar a minha ignorância, lamentável nesse ponto, pois nunca tinha ouvido falar em semelhante rio, apesar de ter feito um curso completo e distinto na Universidade de Moscou.

Com surpresa de todos, o misterioso Vladimir Kolievich, que fumava em silêncio a um canto, veio esclarecer a dúvida da encantadora excursionista russa.

— O rio Falgu fica nas proximidades da cidade de Gaya, na Índia. Para os budistas, o Falgu é um rio sagrado, pois foi junto a ele que Buda, fundador da grande religião, recebeu a inspiração de Deus!

E, diante da admiração geral dos hóspedes, aquele cavalheiro, habitualmente taciturno e concentrado, continuou:

— É muito curioso o rio Falgu. O seu leito apresenta-se coberto de areia; parece eternamente seco, árido, como um deserto. O viajante que dele se aproxima não vê água nem ouve o menor rumor do líquido. Cavando-se, porém, alguns palmos na areia, encontra-se um lençol de água pura e límpida.

E, com a simplicidade e clareza peculiares aos grandes sábios, passou a contar-nos coisas curiosas, não só da Índia, como de várias outras partes do mundo. Falou-nos, por exemplo, minuciosamente, das "filazenes", espécie de cadeiras em que se assentam, quando viajam, os habitantes de Madagáscar.

— Que grande talento! Que invejável cultura científica! — segredou, a meu lado, um missionário católico, sinceramente admirado.

A formosa Sônia afirmou que encontrara referências ao rio Falgu exatamente no livro que estava lendo, uma obra de Octave Feuillet.

— Ah! Feuillet, o célebre romancista francês! — atalhou ainda o erudito cavalheiro do astracã. — Octave Feuillet nasceu em 1821 e morreu em 1890. Suas obras, de um romantismo um pouco exagerado, são notáveis pela finura das observações e pela concisão e brilho do estilo!

E, durante algum tempo, prendeu a atenção de todos, discorrendo sobre Octave Feuillet, sobre a França e sobre os escritores franceses. Ao referir-se aos romances realistas, citou as obras de Gustave Flaubert: *Salambô*, *Madame Bovary*, *Educação Sentimental*...

— Não se limita a conhecer a geografia — acrescentou, a meia voz, o velho missionário. — Sabe também literatura a fundo!

Realmente. A precisão com que o erudito Vladimir citava datas e nomes e a segurança com que expunha os diversos assuntos não deixavam dúvida alguma sobre a extensão de seu considerável saber.

Nesse momento, começava uma forte ventania. As janelas e portas batiam com violência. Alguns excursionistas, que se achavam na sala, mostraram-se assustados.

— Não tenham medo — acudiu, bondoso, o extraordinário Kolievich. — Não há motivo para temores ou receios. Faye, o grande astrônomo, que estudou a teoria dos ciclones...

E, depois de discorrer longamente sobre a obra de Faye, passou a falar, com grande loquacidade, dos ciclones, avalanchas, erupções, e de todos os flagelos da natureza.

Senti-me seriamente intrigado. Quem seria, afinal, aquele homem tão sábio, de rara e copiosa erudição, que se deixava ficar modesto, incógnito, como simples aventureiro, numa velha e monótona cidade marroquina?

No dia seguinte, ao regressar de fatigante excursão aos jardins de El-Menara, encontrei-o casualmente, sozinho, no pátio da linda mesquita de Kasb. Não me contive e fui ter com ele.

— O senhor maravilhou-nos ontem com seu saber — confessei, respeitoso. — Não podíamos imaginar, com franqueza, que fosse um homem de tão grande cultura. Na sua Academia, com certeza...

— Qual, meu amigo! — obtemperou ele, amável, batendo-me no ombro. — Não me considere um sábio, um acadêmico ou um professor. Eu pouco sei, ou melhor, eu nada sei. Não reparou nas palavras de que tratei? Falgu, filazenes, Feuillet, França, Flaubert, Faye, flagelo. Começaram todas pela letra F! Eu só sei falar sobre palavras que começam pela letra F!

Fiquei ainda mais admirado. Qual seria a razão de tão curiosa extravagância no saber?

— Eu lhe explico — acudiu com bom humor o estranho viajante. — Sou natural de Petrogrado, e vivo do comércio do fumo. Estive, porém, por motivos políticos, durante dez anos nas prisões da Sibéria. O condenado que me havia precedido, na cela em que me puseram, deixou-me como herança os restos de uma velha enciclopédia francesa. Eu conhecia um pouco esse idioma, e, como não tivesse em que me ocupar, li e reli, centenas de vezes, as páginas que possuía. Eram todas da letra F. Depois então fiquei sabendo muita coisa; tudo, porém, sem sair da letra F: fá, fabagela, fabela, Fabiana, fabordão.

Achei curiosa aquela conclusão da original história do inteligente Kolievich — o negociante de fumo.

Ele era precisamente o contrário do famoso e venerado rio Falgu, da Índia. Parecia possuir uma corrente enorme, profunda e tumultuosa de saber; entretanto, sua erudição, que nos causara tanto assombro, não ia além dos vários capítulos decorados da letra F de uma velha enciclopédia.

Era, inquestionavelmente, o homem que mais conhecia a ciência que ele próprio denominara "efelogia"!

(De *Maktub!*)

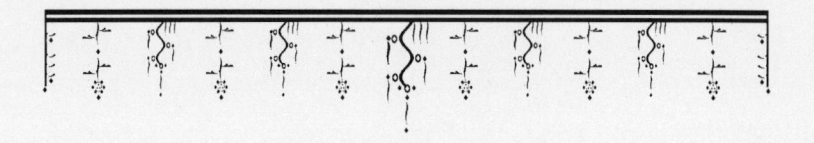

Os trinta e cinco camelos

Poucas horas havia que viajávamos sem interrupção, quando nos ocorreu uma aventura digna de registro, na qual meu companheiro Beremiz, com grande talento, pôs em prática suas habilidades de exímio algebrista.

Encontramos, perto de um antigo caravançará meio abandonado, três homens, que discutiam acaloradamente ao pé de um lote de camelos.

Por entre pragas e impropérios, gritavam possessos, furiosos:

— Não pode ser!

— Isto é um roubo!

— Não aceito!

O inteligente Beremiz procurou informar-se do que se tratava.

— Somos irmãos — esclareceu o mais velho — e recebe-mos, como herança, esses 35 camelos. Segundo a vontade expressa de meu pai, devo eu receber a metade, o meu irmão Hamed Namir uma terça parte, e ao Harim, o mais moço, deve tocar apenas a nona parte. Não sabemos, porém, como dividir dessa forma 35 camelos, e, a cada partilha proposta, segue-se a recusa dos outros dois, pois a metade de 35 é 17 e meio! Como fazer a partilha se a terça parte e a nona parte de 35 também não são exatas?

— É muito simples — atalhou o "homem que calcula-va". — Encarregar-me-ei de fazer, com justiça, essa divisão, se permitirem que eu junte, aos 35 camelos da herança, esse belo animal que, em boa hora, aqui nos trouxe!

Nesse ponto, procurei intervir na questão:

— Não posso consentir em semelhante loucura! Como poderíamos concluir a viagem se ficássemos sem o nosso camelo?

— Não te preocupes com o resultado, ó bagdali![1] — repli-cou-me, em voz baixa, Beremiz. — Sei muito bem o que estou fazendo. Cede-me o teu camelo e verás, no fim, a que con-clusão quero chegar.

Tal foi o tom de segurança com que ele falou que não tive dúvida em entregar-lhe o meu belo jamal,[2] que, imediatamen-te, foi reunido aos 35 ali presentes para serem repartidos pe-los três herdeiros.

---

[1] Indivíduo natural de Bagdá.
[2] Uma das muitas denominações que os árabes dão ao camelo.

— Vou, meus amigos — disse ele, dirigindo-se aos três irmãos —, fazer a divisão justa e exata dos camelos, que são agora, como veem, em número de 36.

E, voltando-se para o mais velho dos irmãos, assim falou:

— Devias receber, meu amigo, a metade de 35, isto é, 17 e meio. Receberás a metade de 36 e, portanto, 18. Nada tens a reclamar, pois é claro que saíste lucrando com esta divisão!

E, dirigindo-se ao segundo herdeiro, continuou:

— E tu, Hamed Namir, devias receber um terço de 35, isto é, 11 e pouco. Vais receber um terço de 36, isto é, 12. Não poderás protestar, pois tu também saíste com visível lucro na transação.

E disse, por fim, ao mais moço:

— E tu, jovem Harim Namir, segundo a vontade de teu pai, devias receber uma nona parte de 35, isto é, 3 e pouco. Vais receber um nono de 36, isto é, 4. O teu lucro foi igualmente notável. Só tens a agradecer-me pelo resultado!

E, numa voz pausada e clara, concluiu:

— Pela vantajosa divisão feita entre os irmãos Namir — partilha em que todos três saíram lucrando —, couberam 18 camelos ao primeiro, 12 ao segundo e 4 ao terceiro, o que dá um resultado (18 +12 + 4) de 34 camelos. Dos 36 camelos sobraram, portanto, dois. Um pertence, como sabem, ao *bagdali* meu amigo e companheiro; outro, por direito, a mim, por ter resolvido, a contento de todos, o complicado problema da herança!

— Sois inteligente, ó estrangeiro! — confessou, com admiração e respeito, o mais velho dos três irmãos. — Aceitamos a vossa partilha na certeza de que foi feita com justiça e equidade!

E o astucioso Beremiz — o "homem que calculava" — tomou logo posse de um dos mais belos camelos do grupo e disse-me, entregando-me pela rédea o animal que me pertencia:

— Poderás agora, meu amigo, continuar a viagem no teu camelo manso e seguro! Tenho outro, especialmente para mim!

E continuamos a nossa jornada para Bagdá.

(De *O Homem que Calculava*)

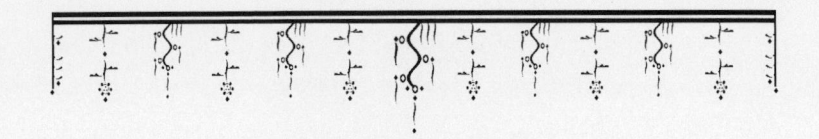

A noiva de Romaiana

Na opulenta cidade de Badu, na Índia, vivia, faz muitos anos, um rico brâmane,[1] chamado Romaiana, que possuía as cinco virtudes desejáveis e era, além disso, destro e valente no manejo dos corcéis de combate.

Três encantadoras donzelas — Nang, Laira e Lamil — requestavam o coração do garboso e gentil Romaiana. Cada uma delas parecia exceder as demais em beleza de formas, lustres de avós e graça de gestos e sorrisos.

Não sabendo o generoso Romaiana qual das três deidades escolher para esposa, foi ter com o velho e douto Vidharba, a quem pediu lhe indicasse um meio seguro e discreto de averiguar qual das três raparigas seria a mais prendada.

---

[1] Uma das quatro castas em que se divide o povo hindu. As outras três são formadas pelos xátrias (militares), pelos vaixás (operários) e pelos sudras (escravos).

— Aconselho-te um artifício extremamente simples — acudiu o sábio brâmane ao jovem enamorado. — Dá a cada uma das jovens um prato de arroz, no meio do qual terás, previamente, ocultado um brilhante, e pede-lhes que te preparem um gostoso manjar.

Depois de aprontar cuidadosamente os três pratos, conforme determinara o sacerdote, Romaiana tomou-os sob as amplas vestes, foi à casa da formosa Nang e disse-lhe, apresentando-lhe um deles:

— Venho pedir-te, minha querida, que me prepares, tu mesma, com este arroz, um manjar. Virei, dentro de sete dias, saborear a iguaria que fizeres!

Idêntico pedido fez Romaiana, logo depois, a Laira e Lamil, deixando-lhes os dois pratos restantes.

No dia marcado, ao cair da tarde, foi o moço brâmane, em companhia do judicioso Vidharba, à casa de Nang.

A jovem conseguira, com o alvo cereal que lhe dera Romaiana, um manjar finíssimo e saboroso.

— Como és habilidosa, ó bela Nang! — exclamou o moço, cheio de entusiasmo. — Feliz o mortal que hás de eleger para esposo!

O velho guru[2] disse, porém, baixinho, ao discípulo:

— Esta jovem é, realmente, como disseste, bastante habilidosa, mas não te poderá servir para esposa. É desonesta e egoísta, pois, tendo encontrado o brilhante no meio do arroz, guardou-o, sem nada dizer-te!

---

[2]Sábio; sacerdote.

E prosseguiu:

— A mulher desonesta e egoísta — conforme li no *Hitopadexa*[3] — é como o tigre faminto da floresta, que tanto devora um ladrão como um santo.

Romaiana e seu mestre despediram-se de Nang e dirigiram-se, em seguida, à casa em que morava Laira.

Não menos delicioso estava o pudim que esta idealizara. Ao prová-lo, Romaiana ficou maravilhado. E, sem saber dissimular seu entusiasmo, disse:

— Não há elogios dignos deste apetitoso prato! Jamais me foi dado saborear iguaria tão fina! Estou encantado!

— Mais encantada estou eu ainda — saiu-se ela de pronto —, pois, no meio do arroz, encontrei valioso brilhante, com o qual mandei fazer, para mim, este lindo anel!

E, estendendo a mão fina e perfeita, mostrou ao namorado a riquíssima joia que lhe cintilava no dedo esguio e branco.

Mas, sem que Laira o ouvisse, o sacerdote murmurou ao ouvido de seu jovem discípulo:

— Esta moça é prendada, é honesta, mas tem, a meu ver, um grave defeito, é egoísta! A mulher egoísta — conforme nos ensina o *Hitopadexa* — é como o pássaro que devora a semente para que ninguém possa aproveitar o fruto!

E rematou, em voz baixa:

---

[3] Livro composto de uma coleção de fábulas, contos morais e apólogos. O *Hitopadexa* é muito usado na Índia para a educação dos meninos.

— Deixemos esta casa. Vejamos como vai receber-nos a formosa Lamil!

Romaiana seguiu, no mesmo instante, para a casa de sua terceira apaixonada.

Acolheu-o Lamil com grande satisfação, oferecendo-lhe um lauto banquete.

— Que vejo! — exclamou Romaiana. — Pedi-te que me fizesses, apenas, um manjar com a pequena porção de arroz que te dei, e encontro iguarias tão diversas e tão finas que só mesmo na ceia de um príncipe poderiam figurar!

— Pois tudo isso que aí está — retorquiu a jovem com um sorriso amável — preparei-te apenas com o arroz que me trouxeste!

— Como foi possível tal milagre?

— Nada mais fácil — explicou Lamil. — Ao examinar e lavar o arroz, achei um brilhante. Se esse brilhante veio com o arroz — refleti —, deve contribuir de alguma forma para a preparação dos pratos! E, assim, resolvi empenhar o brilhante. Com o dinheiro obtido, comprei vários ingredientes com os quais obtive as iguarias que aí estão. Mostrei os acepipes às minhas vizinhas, que, encantadas, me pediram que lhes ensinasse a tão bem fazê-los. Aquiesci, recebendo, de cada uma, dois *talungs*[4] de ouro. Foi com esse dinheiro que consegui retirar o brilhante do penhor!

E, entregando a Romaiana a preciosa gema, concluiu com encantadora simplicidade:

---

[4] Antiga moeda do Sião.

— Aqui está o brilhante! Guarde-o, que ele é teu!

O sábio *brahmarxi*,[5] conduzindo o rapaz para o canto da sala, segredou-lhe meio emocionado:

— Casa, meu filho, une-te hoje mesmo a esta meiga e preciosa menina! Ela é, a meu ver, habilidosa, honesta, boa e econômica!

E concluiu, com a firmeza que os anos e a experiência lhe garantiram:

— A mulher econômica, segundo diz o *Hitopadexa*, é como a formiga, que nunca leva para fora de sua vivenda os grãos preciosos de seu celeiro.

Romaiana seguiu, sem hesitar, o conselho do sábio Vidharba, e viveu muitos anos felizes, sem jamais esquecer os profundos ensinamentos do *Hitopadexa*:

— "Em verdade, quem não tem, procure adquirir; adquirindo, guarde sem desperdiçar; guardando, aumente convenientemente; aumentando, despenda nos lugares sagrados!"

(De *Minha vida querida*)

---

[5]Brâmane dotado de grandes virtudes. Santo de casta bramânica.

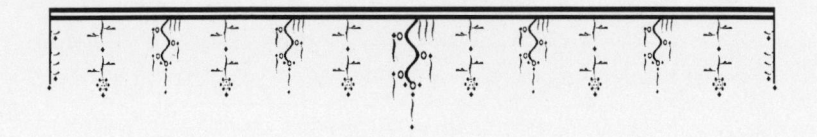

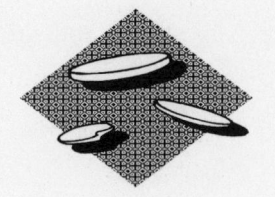

O mais generoso dos xeques

Quando o xeque Elmadin Rayekh atravessava as ruas sombrias e tortuosas de Marrakech, os homens paravam respeitosos para saudá-lo.

— Salam! Salam ao mais generoso dos xeques!

— Alá, *badique, yah sidi*! (Deus vos conduza, ó chefe!)

— *Iuladi velode il — ej-jinna!* (Seja o paraíso a morada de vossos pais!)

Ao ouvir aquelas expressões tão eloquentes, que traduziam o sentimento de gratidão que vivia na alma do povo, uma dúvida, por vezes, insinuava-se em meu espírito: *Sidi* Elmadin[1] seria, realmente, merecedor daquelas homenagens? Não

---

[1] O vocábulo *sidi*, que precede o nome, corresponde a uma designação respeitosa: *senhor*. O conto leva o leitor para o norte da África, onde é corrente o emprego desse termo.

haveria exageros em sublinhar-se seu nome com o colorido da fama que assinala os diletos de Alá?

Um dia, afinal, levou-me o destino a assistir a uma cena que me abalou profundamente. Vou contá-la, ó irmão dos árabes, e julgarás o caso segundo os ditames de teu coração.

Achava-me, certa vez, pouco antes da terceira prece, no pátio da mesquita de Iazid, em companhia de *Sidi* Elmadin e de um perfumista de Casablanca. Conversávamos, descuidados, sobre um misterioso crime ocorrido dias antes em Bab Berrimas, quando vimos aproximar-se de nós um ancião andrajoso e trôpego.

— Uma esmola! — implorou, com voz arrastada e humilde. — Uma esmola pelo amor de Alá!

Sidi Elmadin tirou da bolsa uma rica moeda de ouro e depositou-a nas mãos trêmulas do velho.

Ao receber a preciosa libra, o mendicante ergueu os braços para o céu e exclamou:

— *Yah abu'l jazl!* (Ó pai da excelência!) Seja Alá o vosso guia e amparo, e que a sombra da ventura seja a vossa própria sombra!

Ninguém poderá avaliar o espanto que me invadiu quando vi o xeque dirigir-se ao mendigo, tirar-lhe a peça de ouro (que momentos antes lhe dera) e, em troca, meter-lhe nas mãos um dinar de prata.

— Espera, meu velho — explicou, meio constrangido. — Enganei-me ao tirar da bolsa o dinheiro.

E, apontando para o dinar, soltou esta frase:

— É esta a moeda que pretendia oferecer-te!

O pedinte, depois de revirar entre os dedos grossos a rutilante moeda (de valor bem menor que a primeira), fez ouvir novamente os protestos de sua gratidão:

— *Yah abu'l jul!* (Ó pai da bondade!) Que Alá, o Misericordioso, abençoe os vossos filhos e os filhos de vossos filhos! Que a alegria viva viva sempre em vosso lar!

Maior foi ainda a minha surpresa quando vi o pecunioso Elmadin, alegando novo equívoco, aproximar-se outra vez do pobre, arrebatar-lhe das mãos o dinar de prata e dar-lhe, em troca, com maior descaso, uma ouquia, isto é, uma moeda de bronze de ínfimo valor:

— Sinto contrariar-te, ó muçulmano! — disse o rico xeque ao esfrangalhado mendigo —, mas no momento só posso dispor desta ouquia.

Fosse eu o infeliz pedinte da mesquita (livre-me Alá, o Exaltado, desse triste destino!), não admitiria que um homem de vida aparatosa e brilhante, como *Sidi* Elmadin, tripudiasse daquele modo sobre a minha miséria. Pelo manto de nosso glorioso Profeta![2] Sem hesitar um segundo, arremessaria a desprezível ouquia nas barbas do arrogante magnata e cuspir-lhe-ia, por cima, o meu desprezo infinito.

Bem diverso foi, entretanto, o proceder do mendigo. Sem demonstrar o mais leve ressentimento de contrarie-

---

[2] Fórmula popular de juramento. Refere-se a Maomé, ou Mafoma, fundador do islamismo, cuja memória é venerada pelos muçulmanos.

dade, como se seu coração já estivesse impermeável a todas as afrontas e indignidades da vida, ajoelhou-se aos pés do potentado muçulmano e assim falou, com um pasmo idiota na face:

— *Yah abu'l Kamaul!* (Ó pai da perfeição!) Que a generosidade de Alá, o Sapientíssimo, caia, para sempre, sobre vossos ombros e que as vossas mãos dadivosas possam, por muitos e muitos anos, auxiliar os infelizes e desamparados! Seja a felicidade a luz de vossos olhos!

Aquelas palavras, impressionantes pela sinceridade com que eram ditas, ecoavam torturantes em meu coração. Tive ímpetos de agredir *Sidi* Elmadin, alvejá-lo com dois outros insultos pesados e afastar-me de sua presença. Contive-me unicamente para não manchar com palavras de ódio e rancor as paredes veneráveis da grande mesquita. Notei que o perfumista, os braços cruzados sobre o peito, permanecia risonho, impassível, como se estivesse assistindo ao caso mais trivial do dia.

Sidi Elmadin, pousando a mão no ombro do mendigo, aconselhou-o com irritante mansidão:

— Leva esta ouquia, meu velho, à casa de Hassan, o padeiro, e compra um pão!

No dia seguinte achava-me no suque de El-Quemis, palestrando com Fauzi Sarid, negociante de Damasco, quando avistei *Sidi* Elmadin, que passava a poucos passos de nós.

O sírio, que se achava a meu lado, dirigiu um afetuoso salam ao xeque.

— *Yah abu'l nuzzaur!* (Ó pai da riqueza!) Queira Alá fazer-te cem vezes mais rico e mil vezes mais feliz!

E, notando que eu ficara impassível, silencioso, perguntou-me se, por acaso, eu não tinha a incomparável ventura de conhecer *Sidi* Elmadin, o mais generoso dos xeques.

— Conheço-o de sobra — respondi com ironia. — Esse ricaço pode iludir e ilaquear a todo mundo, menos a mim.

E narrei-lhe, em termos acerbos, o episódio que havia testemunhado na véspera em companhia do perfumista de Casablanca.

Respondeu-me o mercador damasceno:

— Informaram-me ontem desse caso que tanto espanto causou ao teu espírito, e a explicação da estranha atitude do xeque é muito simples. Ouvia-a, esta manhã, do perfumista que é amigo íntimo de *Sidi* Elmadin.

— Não vejo explicação alguma — contestei irritado. — A meu ver, não assiste ao ricaço maníaco o direito de humilhar a um pobre!

O mercador, decidido a esclarecer a verdade, narrou-me o seguinte:

— Quando *Sidi* Elmadin avistou o velho andrajoso, receou tratar-se de um falso mendigo e quis experimentá-lo. Que fez? Deu-lhe uma moeda de ouro e, logo depois, alegando haver se enganado, trocou a moeda por outra de prata, que valia, talvez, a quinta parte da primeira. Se o mendigo tivesse palavras de revolta, revelando alma sórdida e propensa à ingratidão, seria mandado em paz com a libra de ouro e com o dinar de prata. Tal, entretanto, não sucedeu. Vendo, embora, diminuída a esmola, ele não deixou de exaltar novamente a gratidão que sentia pelo generoso benfeitor. Que fez o xeque? Procurou certificar-se mais uma vez da grandeza d'alma do infeliz, tomou a moeda de prata, que já lhe dera, e substituiu-a por uma de bronze. Se se tratasse de um tipo vulgar, com o espírito caldeado pela inveja e pelo despeito, decerto o bondoso xeque teria sido injuriado por ter imposto aquela segunda troca. O pobre, no entanto, revelando possuir sentimentos nobilitantes de paciência e resignação, mostrou-se conformado com a sorte, não se ofendeu com o desvalor da esmola, nem se irritou com a perda dos dois outros valores.

— E que ganhou, afinal, o mendigo? — indaguei, arrastado pela curiosidade que o caso em mim despertara.

— Aquela ouquia de bronze — resumiu o mercador — estava marcada, e levando-a (como o xeque recomendara) ao velho Hassan, o mendigo foi incluído na relação dos pobres de Fátima, a sociedade mantida pelo dadivoso Elmadin. As pessoas socorridas por Fátima têm pão e agasalho para o resto de seus dias. Eis aí a recompensa que alcançou o velho da mesquita. O maior auxílio que poderia desejar!

— Bem vês, meu amigo — repisou tranquilo o mercador —, que *Sidi* Elmadin é, sem dúvida, um dos homens mais sábios e mais generosos do mundo!

Nesse momento avistei o xeque, de pé, junto a uma das portas do suque. Na ânsia de reparar o erro do julgamento que eu tivera a leviandade de proferir contra ele, ergui o braço e exclamei bem alto:

— *Alá badique, yah sidi!* (Deus vos conduza, ó chefe!)

(De *Lendas do deserto*)

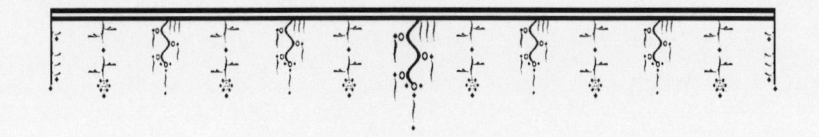

O tesouro de Bresa

Houve outrora, na Babilônia — a famosa cidade dos Jardins Suspensos —, um pobre e modesto alfaiate chamado Enedim, homem inteligente e trabalhador, que, por suas boas qualidades e dotes de coração, granjeara muitas simpatias no bairro em que morava.

Enedim passava o dia inteiro, da manhã à noite, cortando, consertando e preparando as roupas de seus numerosos fregueses, e, embora paupérrimo, não perdia a esperança de vir a ser riquíssimo, senhor de muitos palácios e grandes tesouros.

Como conquistar, porém, essa tão ambicionada riqueza — pensava o mísero remendão, passando e repassando a agulha grossa de seu ofício —, como descobrir um desses famosos tesouros que se acham escondidos no seio da terra ou perdidos nas profundezas dos mares?

Ouvira contar, em palestra com estrangeiros vindos do Egito, da Síria, da Grécia e da Fenícia, histórias prodigiosas de aventureiros que haviam topado com cavernas imensas, cheias de ouro; grutas profundas crivadas de brilhantes; luras sórdidas que guardavam caixas pesadíssimas a transbordar de pérolas, mimoso fruto da rapina de bárbaros cartagineses. E não poderia ele, à semelhança desses aventureiros felizes, descobrir um tesouro fabuloso e tornar-se, assim, de um momento para o outro, mais rico do que Nabonid, o rei poderoso? Ah! Se tal acontecesse, ele seria, então, senhor de um coruscante palácio; teria numerosos escravos, e todas as tardes, num grande carro de ouro, tirado por mansos leões, passearia, de seu vagar, sobre as muralhas da Babilônia, cortejando amistosamente os príncipes ilustres da casa real.

Assim meditava o bondoso Enedim, divagando por tão longínquas riquezas, quando lhe parou à porta da casa um velho mercador da Fenícia, que vendia tapetes, caixas de ébano, bolas de vidro, imagens, pedras coloridas e uma infinidade de outros objetos extravagantes tão apreciados pelos babilônios.

Por mera curiosidade, começou Enedim a examinar as bugigangas que o vendedor lhe oferecia, quando descobriu, entre elas, uma espécie de livro de muitas folhas, onde se viam caracteres estranhos e desconhecidos.

Era uma preciosidade aquele livro — afirmava o traficante, passando as mãos ásperas pelas barbas que lhe caíam sobre o peito — e custava apenas três dinares.

Três dinares. Era muito dinheiro para o pobre alfaiate. Para possuir objeto tão curioso e raro, Enedim seria capaz de gastar até dois dinares de prata.

— Está bem — concordou submisso o mercador —, fica-lhe o livro por dois dinares, mas esteja certo de que lhe dou de graça.

Afastou-se o vendedor, e Enedim tratou, sem demora, de examinar cuidadosamente a preciosidade que havia adquirido. Qual não foi sua surpresa quando conseguiu decifrar, na primeira página, a seguinte legenda escrita em complicados caracteres caldaicos: *"O segredo do tesouro de Bresa."*

Por Baal![1] Aquele livro maravilhoso, cheio de mistério, ensinava, com certeza, onde se encontrava algum tesouro fabuloso, o tesouro de Bresa! Mas que tesouro seria esse? Enedim recordava-se, vagamente, de já ter ouvido qualquer referência a ele. Mas quando? Onde?

E, com o coração a bater descompassadamente, decifrou ainda:

"O tesouro de Bresa, enterrado pelo gênio do mesmo nome entre as montanhas do Harbatol, foi ali esquecido, e ali se acha ainda, até que algum homem esforçado venha a encontrá-lo."

Harbatol! Que montanhas seriam essas que encerravam todo o ouro fabuloso de um gênio?

---

[1] Nome pelo qual era conhecido o Deus supremo dos antigos fenícios. Significa, propriamente, o mestre, o senhor, e parece ter sido, durante muitos séculos, o nome genérico da divindade. Baal é um deus da natureza, cujas forças ele personifica.

E o esforçado tecelão dispôs-se a decifrar todas as páginas daquele livro, a ver se atinava, custasse o que custasse, com o segredo de Bresa, para apoderar-se do tesouro imenso, que o capricho de seu possuidor fizera enterrar nalguma gruta perdida entre montanhas.

As primeiras páginas eram escritas em caracteres de vários povos. Enedim foi obrigado a estudar os hieróglifos egípcios, a língua dos gregos, os dialetos persas, o complicado idioma dos judeus. Ao fim de três anos, deixava Enedim a antiga profissão de alfaiate e passava a ser o intérprete do rei, pois na cidade não havia quem soubesse tantos idiomas estrangeiros.

O cargo de intérprete do rei era bem rendoso; ganhava Enedim cem dinares por dia; ademais, morava numa grande casa, tinha muitos criados e todos os nobres da corte o saudavam respeitosamente.

Não desistiu, porém, o esforçado Enedim, de descobrir o grande mistério de Bresa. Continuando a ler o livro encantado, encontrou várias páginas cheias de cálculos, números e figuras. E, a fim de ir compreendendo o que lia, foi obrigado a estudar matemática com calculistas da cidade, tornando-se, ao cabo de pouco tempo, grande conhecedor das complicadas transformações aritméticas.

Graças a esses novos conhecimentos adquiridos, pôde Enedim calcular, desenhar e construir uma grande ponte sobre o Eufrates; esse trabalho agradou tanto ao rei que o monarca resolveu nomear Enedim para exercer o cargo de prefeito. O antigo e humilde alfaiate passava, assim, a ser um dos homens mais notáveis da cidade.

Ativo e sempre empenhado em desvendar o segredo do tal livro, foi compelido a estudar profundamente as leis, os princípios religiosos de seu país e os do povo caldeu; com o auxílio desses novos conhecimentos, conseguiu Enedim dirimir uma velha pendência entre os doutores.

— É um grande homem o Enedim! — declarou o rei quando soube do fato. — Vou nomeá-lo primeiro-ministro.

E assim fez. Foi o nosso esforçado heroi ocupar o elevado cargo de ministro. Vivia, então, num suntuoso palácio, perto do jardim real, tinha muitos escravos e recebia visitas dos príncipes mais ricos e poderosos do mundo.

Graças ao trabalho e ao grande saber de Enedim, o reino progrediu rapidamente, a cidade ficou repleta de estrangeiros; ergueram-se grandes palácios, várias estradas se construíram para ligar Babilônia às cidades vizinhas. Enedim era o homem mais notável do seu tempo; ganhava diariamente mais de mil moedas de ouro; e tinha, em seu palácio de mármore e pedrarias, caixas de bronze cheias de joias riquíssimas e de pérolas de valor incalculável.

Mas — coisa interessante! — Enedim não conhecia ainda o segredo do livro de Bresa, embora lhe tivesse lido e relido todas as páginas! Como poderia penetrar naquele mistério?

E um dia, cavaqueando com um venerando sacerdote, teve ocasião de referir-se à incógnita que o atormentava. Riu-se o bom religioso ao ouvir a ingênua confissão do grão-vizir, e, afeito a decifrar os maiores enigmas da vida, assim falou:

— O tesouro de Bresa já está em vosso poder, meu senhor. Graças ao livro misterioso é que adquiristes um grande saber, e esse saber vos proporcionou os invejáveis bens que já possuis. Bresa significa "saber". Harbatol quer dizer "trabalho". Com estudo e trabalho pode o homem conquistar tesouros maiores do que os que se ocultam no seio da terra ou sob os abismos do mar.

Tinha razão o esclarecido sacerdote.

Bresa, o gênio, guarda realmente um tesouro valiosíssimo, que qualquer homem esforçado e inteligente pode conseguir; essa riqueza prodigiosa não se acha, porém, perdida no seio da terra nem nas profundezas dos mares; encontrá-la-eis, sim, nos bons livros, que, proporcionando saber aos homens, abrem, para aqueles que se dedicam aos estudos com amor e tenacidade, as grutas maravilhosas de mil tesouros encantados.

(De *Lendas do deserto*)

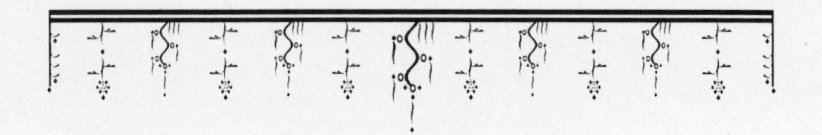

A pequenina luz azul

Certa manhã, depois da prece matinal, o poderoso sultão El-Khamir, rei do Hedjaz, mandou vir à sua presença o prefeito da cidade.

— Prefeito — disse o rei —, esta noite, levantando-me casualmente, a desoras, cheguei à janela e avistei ao longe, no meio da escuridão da cidade, uma pequenina luz azul, muito viva e brilhante. Estou intrigado com esse caso e desejo vivamente saber quem passou a noite a velar. Ordeno-lhe que abra um rigoroso inquérito para apurar a razão dessa vigília.

— Escuto e obedeço — retorquiu o prefeito de Jidda, capital do Hedjaz, inclinando-se respeitosamente. — Parece-me, porém, inútil esse inquérito! Cumpre-me dizer que aquela luz provinha do oratório da minha casa!

E, diante do espanto indisfarçável do rei, ele ajuntou, modesto, infletindo a cabeça para o peito:

— Eu e minha família passamos a noite em orações, pedindo a Deus Onipotente pela preciosa saúde de Vossa Majestade!

— Obrigado, meu bom amigo — tornou o monarca, sinceramente comovido —, em muito tenho sua amizade e dedicação.

E acrescentou, solene, com voz sonora e cheia:

— Saberei corresponder aos cuidados que lhe mereço.

Retirando-se o prefeito, mandou o rei chamar o seu grão-vizir, o respeitável Maollim, que acumulava na corte do sultão as elevadas funções de ministro e secretário.

— Meu caro Maollim — declarou risonho o rei —, resolvi recompensar com mil dinares de ouro o prefeito desta formosa cidade: Jidda!

— Mil dinares de ouro! Por Alá ! É muito dinheiro! — atalhou logo o grão-vizir, esgazeando os olhos, tomado de vivo espanto. — Que teria feito o governador da cidade para merecer tão grande mercê?

— Praticou uma ação nobre e sublime — justificou o soberano.

E narrou, com a maior simplicidade, o caso da luz, rematando-o com a extraordinária confissão que lhe fizera pouco antes o prefeito.

— Permita-me ponderar — proferiu o ministro — que Vossa Majestade está sendo iludido por esse homem indigno.

O prefeito, segundo posso provar, não tem família e só sabe orar nas mesquitas, quando a isso é obrigado. Vive, miseravelmente, como um avarento, em seu sórdido casebre, para além do bairro judeu!

— Mas... e a pequenina luz azul — refletiu o rei —, donde, então, provinha ela?

— Vejo-me obrigado, ó rei generoso, a confessar a verdade — contraveio o ministro com humildade. — Essa pequena luz azul, que feriu os augustos olhos de Vossa Majestade, era a lâmpada de azeite que ilumina a minha vida de estudos. Passei a noite acordado, cogitando acerca dos graves problemas e das múltiplas questões que Vossa Majestade deve resolver na audiência de hoje! Juro pelo Alcorão que essa é a verdade.[1]

— Grande e esforçado amigo! — tornou, radioso, o ingênuo monarca, abraçando o ministro. — Como admiro esse seu amor ao cumprimento do dever.

E, jubiloso, disse-lhe:

— Palavra de rei, ó Maollim! Terás brevemente uma recompensa digna da tua dedicação!...

Mal se retirara o ministro, mandou o rei chamar o general Muhiddin, chefe das tropas muçulmanas do Hedjaz, e contou-lhe que estava resolvido a conceder o título de xeque de Loheia ao seu digno ministro Maollim; o general devia destacar, portanto, um corpo de quinhentos soldados que ficariam permanentemente à disposição do novo dignitário do Hedjaz.

---

[1] Este juramento é um dos mais graves. Sua violação voluntária pode imputar em severíssimo castigo.

E o bom monarca, sem nada ocultar, contou ao general a história da luz e a dedicação do bom ministro.

— E Vossa Majestade acreditou nas falsas palavras de Maollim? — estranhou o general, tomado de indizível admiração. — Peço especial permissão para provar que esse audacioso vizir, esquecendo o respeito que deve a nosso glorioso sultão, mentiu como um infiel.

Mentira o prefeito? Mentira também o ministro? Como poderia ele, o rei, apurar a verdade sobre o caso? Como descobrir o mistério da luzinha azul?

— Era minha intenção, ó rei afortunado — confessou, modesto, o general —, ocultar a verdade. Vejo-me agora, porém, obrigado a revelá-la. A pequenina luz azul que durante a noite passada atraiu a atenção de Vossa Majestade provinha apenas da minha tenda de campanha!

— De sua tenda, general! — clamou, admirativamente, o soberano árabe, mais uma vez surpreendido.

E o general não hesitou em dar terceira versão ao caso. Os boatos de um provável levantamento revolucionário, de algumas tribos do interior, haviam-no alarmado. Com receio de que os beduínos rebeldes e seus aliados revoltosos, durante a noite, viessem atacar o palácio real, ficara ele, para maior garantia da vida do rei, acampado nas cercanias da cidade, com algumas forças de sua absoluta confiança.

Por Deus! Que valentia! Que heroísmo! O poderoso sultão não sabia como agradecer ao chefe de suas tropas aquele serviço extraordinário, aquele zelo tão grande pela ordem e pelo trono!

"Que farei?", cogitava ele depois que o general se despedira. "Vou conceder-lhe o título excepcional de príncipe do Hedjaz e uma pensão anual de vinte mil dinares! Não... Ele merece muito mais ainda — salvou-me a vida... a coroa..."

Depois de muito refletir, e como não chegasse a uma conclusão satisfatória, o pávido monarca resolveu consultar o judicioso ulemá Ali-Effendi, seu velho mestre e conselheiro.

— Na minha fraca opinião — ponderou o sábio muçulmano —, Vossa Majestade não deve acreditar no prefeito, nem no ministro, nem no general. Quero crer que a tal luz provinha do novo farol de El-Basin, que indica aos navegantes a entrada do porto, assegurando-lhes o bom caminho em noites de tormenta.

O rei alçou para o sábio os olhos surpresos.

— Era, então, a luz do farol! — exclamou.

O prudente ulemá aconselhou-o a que verificasse, naquela mesma noite, quem falava a verdade.

E assim, três horas depois da última prece, quando já bem adiantada ia a noite, ergueu-se o sultão El-Khamir do régio leito, chegou à varanda, estendeu o olhar por sobre o panorama da cidade, que dormia a seus pés. Uma surpresa estranha o aguardava: como já era conhecida de todos a notícia das prometidas recompensas, a cidade surgia, naquela noite, extraordinariamente iluminada. Nunca se viu tanta luz! Eram milhares de lâmpadas, lanternas e lampiões. Queriam todos agradar ao poderoso soberano: a casa do

ministro parecia até o serralho de um califa em noite de festa do mês de Ramadã!

E o crédulo rei do Hedjaz compreendeu então que, no seu rico e glorioso país, para cada súdito honesto e dedicado havia um milhão de mentirosos e bajuladores.

(De *Maktub!*)

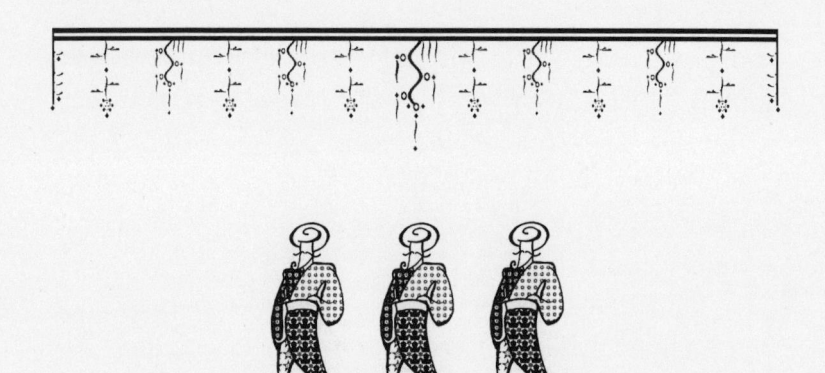

Os três homens iguais

— Ah! Para que fui eu acreditar nas aparências? Mil vezes errei; mil vezes fui enganado! O caravaneiro errante que corre, no deserto, em busca da miragem, pisa na sombra da morte. Só Alá pode salvá-lo!

Na velha cidade de El-Katif, que fica cercada de um verdejante oásis, para além do famoso deserto de Roba-el-Khali, apareceu, certa vez, um misterioso estrangeiro, mago persa de grande renome. Segundo andava na boca do povo, o tal mago fazia-se acompanhar de três homens possuidores da propriedade extraordinária e prodigiosa de serem rigorosamente iguais. Não era possível — diziam as crônicas do tempo — aos espíritos mais meticulosos e observadores descobrir um traço fisionômico, um tique ou uma particularidade qualquer que permitisse distinguir um dos tais homens dos outros dois sósias.

Contaram o caso ao poderoso Abdallah Fahad, rei xiita[1] de El-Katif, senhor do império dos cármatas, mas o bom soberano não quis acreditar em tamanha singularidade.

— Seria possível — refletia o monarca — que houvesse no mundo, assim como diziam, três homens perfeitamente iguais? Por certo que não!

E, como o picasse a curiosidade — a que nem mesmo os grandes monarcas orientais podem fugir —, declarou o rei Fahad que queria ver os três homens iguais, pois que somente assim é que ele poderia convencer-se da existência real do estranho fenômeno.

Uma ordem, dada ao grão-vizir, foi transmitida aos oficiais encarregados de zelar pela segurança da pessoa do sultão. Preparou-se um grande e riquíssimo cortejo, e o rei, em luxuoso palanquim, acompanhado de brilhante comitiva, dirigiu-se à grande tenda que o mago mandara erguer, para além das últimas tamareiras de El-Khamir, entre dois rochedos, junto ao mar.

Ao avistar o inesperado cortejo diante da sua tenda, o feiticeiro encaminhou-se ao encontro do sultão xiita e, inclinando-se humilde diante dos nobres visitantes, exclamou:

— Alá conserve e prolongue, por muitos anos felizes, a vida de nosso amo e senhor.

O rei Abdallah Fahad desceu, com cauteloso vagar, de seu palanquim e, dirigindo-se ao velho ocultista, declarou que queria ver imediatamente os três homens iguais.

---

[1]Nome dado aos muçulmanos da Pérsia, que constituem seita do islamismo, em oposição aos demais muçulmanos, denominados sunitas. Os xiitas não admitem no trono do Islã senão um dos descendentes de Ali.

— Escuto e obedeço — respondeu o mago com ademanes cerimoniosos.

A tenda do singular feiticeiro era ampla e confortável.

O rei e os nobres que o acompanhavam mostraram-se surpreendidos com o luxo e a estranha arte com que tudo ali era arranjado.

Ao fundo, erguido sobre um tablado, via-se uma espécie de palco, fechado na frente por um grande pano de veludo amarelo. Cobriam o chão enormes tapetes de cores vivas, cheios de arabescos exóticos.

O rei sentou-se de pernas cruzadas numa pilha de almofadas de seda indiana.

Fez-se um grande silêncio.

Sentia-se, esparso no ambiente, nas pessoas, nas próprias coisas, o sopro de um mistério.

O mago bateu palmas três vezes e pronunciou umas palavras que ninguém entendeu.

Ergueu-se lentamente o pano e viram todos, de pé no meio do palco, um homem magro, moreno, vestido luxuosamente à maneira dos mercadores persas. Ostentava um riquíssimo turbante de seda branca e, à cintura, trazia um punhal alongado, cujo punho se marchetava de pedras preciosas. Esse homem misterioso cruzou vagarosamente os braços sobre o peito, sorriu e inclinou-se respeitoso diante da nobre assistência.

— Eis aí, ó rei magnânimo! — proclamou o mago —, eis aí o primeiro dos três homens iguais!

A um sinal do velho ocultista, o homem do turbante branco retirou-se lentamente, desaparecendo atrás do pesado reposteiro escuro que cobria o fundo do palco.

Decorrido um rápido instante, o mago bateu novamente palmas.

Apareceu então, vindo de trás do mesmo reposteiro escuro, um homem perfeitamente igual ao primeiro e vestido rigorosamente com os mesmos trajes. Dir-se-ia a mesma pessoa. O turbante parecia ser o mesmo e o punhal tinha até o mesmo brilho. Igual era a expressão fisionômica e idêntica a maneira de olhar e sorrir.

— Eis aí, ó rei magnânimo! — declarou com a maior seriedade o mago —, eis aí o segundo dos três homens iguais!

Os vizires e cortesãos, na quase certeza de que estavam sendo vítimas das artimanhas de um intrujão audacioso, entreolharam-se desconfiados.

A um novo sinal do ocultista persa, o segundo homem afastou-se e desapareceu, como o outro, atrás do mesmo reposteiro.

Em seguida, o mago, com imperturbável calma e serenidade, bateu palmas pela terceira vez.

Surgiu imediatamente no palco, saindo de trás do tal reposteiro, um terceiro homem perfeitamente igual aos outros dois. Não era possível notar-se, quer na fisionomia impassível do desconhecido, quer no seu trajar bem-posto, a menor dessemelhança dos outros dois que o haviam precedido.

— Eis aí, ó rei — tornou o mago com pausada firmeza —, eis o terceiro dos três homens iguais!

O grão-vizir, que se achava de pé junto ao monarca, ao atentar nos olhares equívocos e nos sorrisos mal reprimidos dos cortesãos, disse ao rei em voz baixa:

— Quero crer, ó emir dos crentes, que esse mago é um cínico, um intrujão! Quer divertir-se à nossa custa! É evidente que foi o mesmo homem que apareceu três vezes diante da Vossa Majestade!

O rei Fahad, que vinha desconfiando do caso, ao ouvir a insinuação do grão-vizir, ergueu-se colérico da almofada e gritou com os lábios brancos, o olhar desorientado.

— Não creio nessa farsa ridícula, ó velho intrujão! Julgas, então, não ter eu percebido que foi o mesmo homem quem apareceu diante de mim três vezes? Queres fazer pilhéria ou ridicularizar o rei dos cármatas, senhor de um oásis que tem um milhão de palmeiras? Vais já para a forca, ó cão, filho de cão!

Ouvindo tão grave ameaça, inclinou-se o mago, humildemente, diante do abespinhado rei, e, depois de beijar a terra entre as mãos, assim falou:

— Vossa Majestade acreditará em mim se vir agora os três homens juntos?

Respondeu o rei Fahad:

— Não há como descrer se os vir ao mesmo tempo, juro pela memória de Ali (com ele a oração e a glória)!

A um sinal do mago, ergueu-se o pesado reposteiro que cobria — como já dissemos — o fundo do palco. E, com grande assombro, viram todos — rei, vizires e altos dignitários da corte — três homens perfeitamente iguais, de pé, imóveis, no meio do tablado. Estavam os três na mesma atitude; não era, realmente, possível, distinguir-se entre eles a menor diferença!

— Agora sim — afirmou, cheio de convicção, o senhor do grande oásis. — Agora sim, acredito! Os três homens são realmente iguais!

Ao ouvir tais palavras, adiantou-se o velho mago — que era um grande sábio — e, dirigindo-se ao rei da famosa província árabe, falou dessa sorte:

— Perdoe Vossa Majestade a minha ousadia: mas não deve agora acreditar no que vê!

— Por quê? — indagou o rei.

— Porque agora — esclareceu o grande ocultista — sobre o tablado está um homem só! As outras figuras que aparecem são simples imagens obtidas com o auxílio de dois espelhos habilmente combinados!

E, diante da decepção de todos os presentes, com um sorriso quase instantâneo, disse o sábio:

— A princípio era verdade. Fiz aparecer os três homens, sendo um de cada vez. Mas, como as aparências eram contra mim, ninguém me deu crédito. Da segunda vez, apresentei um homem só, dando a ilusão, com o auxílio de uma combinação de espelhos, de que se tratava de três homens iguais. Embora não fosse verdade, todos acreditaram em mim, porque as aparências eram a meu favor!

E, depois de fazer com que os três homens iguais passassem juntos, diante do rei, a fim de evitar que qualquer dúvida lhe pairasse ainda no espírito, concluiu o sábio persa, com solene exaltação:

— É assim também na vida! Iludidos pelas aparências enganadoras das coisas, deixamos muitas vezes de acreditar na verdade para acolher em nosso coração o Erro e a Mentira!

Uassalã!

(De Céu de Alá)

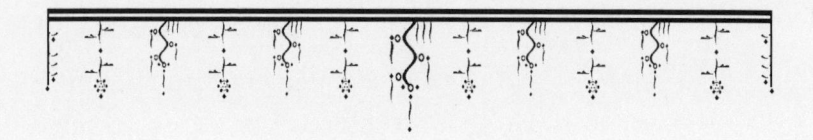

Senhor, eu não sou digno

Há muito tempo, em Roma, para além da Porta Nomentana, erguia-se um amontoado de míseros casebres, onde viviam centenas de escravos foragidos, comediantes arruinados, mendigos, traficantes e gladiadores estropiados, que pareciam mais ameaçadores com seus andrajos do que os arrogantes vigias do empório com suas pesadas lanças rebrilhantes. Aquele perigoso refúgio, raramente visitado pelos agentes de César, era apelidado a "Pequena Salária", ou melhor, "A Salária".

Por entre as vielas sórdidas e sombrias da Salária, um dos tipos mais populares era o velho Flamínio, o Sereno. Pela manhã, muito cedo ainda, arrastando-se lentamente, deixava o seu miserável tugúrio e dirigia-se para o pátio da Semita, em busca de sol, sob as árvores ferrugentas.

Era um homem alto, magro, de faces amortecidas e olhar distraído. A sua cabeleira, inteiramente branca, sempre revolta, dava-lhe uma estranha aparência de profeta gaulês. Usava, habitualmente, uma espécie de túnica *palmata*, avermelhada, suja, esfarrapada, que mal lhe chegava até os joelhos.

De que vivia? Onde ia buscar recursos aquele ancião que não esmolava na Praça do Mercado nem era visto a tirar sortes nas escadarias dos templos?

Repontava aí a sombra de um mistério, que o tempo jamais conseguiria esclarecer. Garantiam alguns que o velho Flamínio era amparado por um antigo senador, íntimo de Augusto, que ele conhecera muitos anos antes, em Nápoles, quando trabalhava no porto, carregando as galeras de Tibério.

E, na verdade, Flamínio, que agora arrastava sua triste decrepitude na Salária, tivera, em sua vida, um período de prosperidade e alegria. Casara-se com uma camponesa da Sicília e tivera dois filhos. Um deles — Cláudio, o Belo — fizera-se poeta. Tornara-se popular na corte. Suas poesias eram declamadas pelos nobres e elogiadas pelo imperador. Até os cônsules, altivos, com prestígio entre os senadores, invejavam os triunfos do jovem Cláudio.

Flamínio orgulhava-se daquele filho, que os deuses haviam cumulado de talento.

Mas Cláudio era ambicioso. Ligou-se a um certo Marco Lúcio, político sem escrúpulos, que Tibério escolhera, no período mais agitado de seu governo, para pacificar uma província grega. Lúcio partiu e levou o poeta. E, de Atenas, Cláudio jamais regressou.

O desaparecimento do filho amado navalhou o coração de Flamínio. Abandonou o trabalho em Nápoles e passou a viver em Roma, entre aventureiros da pior espécie, sem pão, sem conforto, sem esperança. Sua esposa o deixou e foi para a Espanha, com alguns parentes ricos. O filho mais moço fez-se soldado e alistou-se nas legiões de César.

E, no entanto, Flamínio, no meio de tanta desgraça, sentia-se feliz.

As palavras que ele ouvira de um oráculo do Templo de Vesta enchiam seu coração de esperanças.

Passara-se o caso num dos últimos dias de setembro, quando os fiéis traziam suas oferendas aos deuses. Cruzava Flamínio o átrio do templo quando ouviu que o chamavam. Era um dos oráculos. Trajava uma túnica branca, muito alva, vistosamente recamada de franjas. Na manga direita, que se abria em leque, aparecia, desenhada, uma figura estranha — dragão, esfinge, serpente ou coisa parecida.

— Não te lembras de mim, Flamínio?

O ancião aproximou-se, desconfiado. Surpreendia-o, além do mais, o tom amistoso daquele profeta de olhos mortiços e rosto pálido.

— Quero recordar-te — prosseguiu o oráculo, olhando fito no velho. — Há vários anos passados (reinava o divino Augusto), em Nápoles, certa noite socorreste um viajante que fora assaltado no porto. Graças a teu auxílio, ele conseguiu livrar-se dos sicários. Esse viajante era precisamente eu. Devo-te, portanto, a vida. Quero agora prestar-te igualmente um benefício. Vou ler o teu futuro.

Flamínio parou diante do oráculo. Cruzou os braços sobre o peito e aguardou impassível a terrível e arrebatada sentença. Curiosos que perambulavam entre as colunas aproximaram-se em silêncio.

— O teu nome será esquecido. A tua memória será apagada por completo e desaparecerá como as cinzas levadas pelo vento. Mas as palavras admiráveis de teu filho jamais serão olvidadas. Milhões e milhões de homens, no desenrolar dos séculos, repetirão por todos os recantos do mundo as palavras de teu filho! Que júbilo, que glória imensa para o teu coração de pai!

Ao retornar ao seu casebre de Salária, o velho Flamínio assim meditava:

— Vivi sempre obscuro; morrerei esquecido e obscuro. Não importa! Mas a glória perpetuará, sobre a terra, o nome de Cláudio, meu filho. Os seus versos adoráveis, que César não se cansava de repetir, serão lembrados pelos homens, no desenrolar dos séculos!

E aquele êxito do filho poeta trazia infinita alegria e tranqüilidade ao coração do velho romano.

— Que importa a pobreza em que vivo! Consola-me a certeza de que meu filho Cláudio terá por prêmio a imortalidade!

E o velho Flamínio, a quem as palavras do oráculo deram alento para resistir a todas as amarguras e vicissitudes de sua negra existência, teve um fim trágico. Ao regressar, um dia, de uma visita ao Templo de Júpiter, avistou, num recanto da praça Salutis, um soldado espancando cruelmente uma pobre menina. Revoltado com aquela covardia, tentou o ancião socorrer a pequena. O agressor, irritado com a intervenção daquele desconhecido, não hesitou em atravessá-lo com uma punhalada.

Flamínio pereceu heroicamente. E, no dia seguinte, um mendigo sem rumo, no seu andar bamboleante, avistou casualmente a miserável mansarda em completo abandono, na Salária. Apoderou-se dela, atirou para ali seus trapos, sem indagar do destino que levava o primitivo dono.

E, assim como previra o oráculo, como a cinza que o vento espalha, apagou-se entre os homens a lembrança daquele que fora em vida Flamínio, o Sereno.

Conduzido à mansão dos justos, viu Flamínio surgir diante dele a figura radiosa de um anjo.

— Flamínio — disse o Enviado de Deus, em tom mavioso de paciência —, a tua morte gloriosa fez remir todos os erros e pecados de tua existência. Cabe-te, pois, uma recompensa no céu. Fala, meu bom amigo, e o Eterno ouvirá a tua voz.

Respondeu Flamínio na sua simplicidade:

— Nada fiz, estou certo, para merecer a menor recompensa da misericórdia de Deus. Confesso, porém, que tenho o coração torturado por uma grande angústia. Gostaria de retornar ao mundo, no fim de alguns séculos, a fim de verificar se os homens (conforme me garantiu o oráculo) conservam, na memória, os versos de meu filho. Que indizível alegria para mim certificar-me de que meu filho, por seu gênio incomparável, se tornou imortal!

Deus, na sua infinita misericórdia, atendeu ao pedido daquele pai. E, decorridos dezenove séculos, Flamínio, conduzido por um anjo, retornou a Roma.

Por todos os recantos da terra erguiam-se cruzes. A religião que César havia desprezado, a princípio, e perseguido mais tarde, vencera, afinal, e dominava o mundo.

Flamínio, o Sereno, guiado pelo anjo, entrou num grande templo cristão. Milhares de fiéis achavam-se em oração; um jovem sacerdote, revestido de riquíssima paramenta, debruada com fios de ouro, junto a um belíssimo altar, adorava o verdadeiro Deus, Jesus, Nosso Senhor!

Flamínio não cabia em si de deslumbramento! Tudo ali era para ele motivo de indescritível assombro! E balbuciou muito humilde (e suas palavras só eram ouvidas pelo anjo):

— E os versos de meu filho? Poderei ouvi-los, aqui, neste templo, cheio de cristãos, que erguem para o céu as suas preces lamuriantes?

— Sim — confirmou o anjo —, dentro de alguns instantes! Rejubila-te! Todos os cristãos, aqui reunidos, repetirão as palavras de teu filho!

Decorridos alguns minutos, cessaram os cânticos. Fez-se profundo silêncio. E o sacerdote, batendo no peito três vezes, suplicou cheio de humildade e confiança:

— *Domine, non sum dignus ut intres sub tectum meum...* (Senhor, eu não sou digno de que entreis na minha morada...)

— Eis aí — acudiu o anjo. — Acabaste de ouvir! Foram estas palavras proferidas, há muitos séculos, por teu filho, e até hoje os homens as repetem diante de Deus! Sinto dizer-te, porém, que não são versos de Cláudio, o poeta; são simples palavras proferidas por Marcelo, teu filho mais moço...

Flamínio quedou um momento perplexo e replicou, esboçando um sorriso pálido:

— Aquele que se fez soldado?

— Sim — confirmou o anjo, num tom de absoluta confiança —, aquele que se alistou nas legiões de César! Marcelo era um homem bom e caridoso: apiedava-se dos sofrimentos alheios; socorria os pobres; consolava os aflitos. Quando servia às ordens de Herodes, tetrarca da Galileia, um dos seus servos adoeceu com uma grave paralisia. Marcelo, nesse tempo, fora promovido; já era centurião. E todos os homens de sua centúria o estimavam.

Inspirado pela delicadeza de sua sensibilidade, cuidou Marcelo de acudir, com desvelo, ao servo enfermo. Todos os remédios aconselhados por amigos e vizinhos ele experimentara, sem resultado. Alguém sugeriu:

— Chefe! Por que não apelas para Jesus de Nazaré? Dizem que o rabi faz milagres!

Marcelo era puro de coração e, muito embora fosse romano, acreditava naquele rabi, cheio de simplicidade e candura, que sorria para as criancinhas e curava os enfermos com o simples estender suave de suas divinas mãos.

Não se atreveu, porém, a ir procurar Jesus e pediu a alguns israelitas fossem em busca do mestre, de cujo amparo o infeliz servo tanto necessitava.

Jesus, Nosso Senhor, com seus discípulos, dirigia-se para Cafarnaum quando recebeu o pedido de dois anciãos, amigos de Marcelo. E disse aos que o acompanhavam.

— Irei até lá!

Quando o centurião romano foi informado de que Jesus de Nazaré, em pessoa, dirigia-se para a sua morada, levantou-se imediatamente a passos rápidos, seguido de alguns ajudan-tes e servos, e foi ter, muito respeitoso, ao encontro do mestre. E disse-lhe, com extrema humildade:

— Senhor, eu não sou digno de que entreis na minha morada (*Domine, non sum dignus...*). Basta que digais uma só palavra e, estou certo, meu servo estará para sempre curado!

E, como Cristo o fitasse surpreendido, ajuntou:

— Porque eu, Senhor, sou militar e sei muito bem o que é obedecer e o que é mandar! Estou sujeito à autoridade de meus chefes e tenho soldados às minhas ordens! Digo a um: "Vai!" E ele segue o rumo que indiquei. Digo a outro: "Vem cá!" E ele se aproxima de mim! Basta, pois, Senhor, uma só palavra Vossa, e meu servo será salvo.

Ouvindo isto, Jesus se admirou; e, voltando-se para o povo que o seguia, disse:

— Em verdade, em verdade vos digo que nem em Israel achei tão grande fé.

E disse ao bom centurião:

— Vai, e faça-se como tu crês!

E, naquela mesma hora, ficou curado o servo!

Que restam dos versos famosos de Cláudio, o festejado poeta? Não! Os homens não se lembram mais das odes admiráveis que César elogiava e que os comediantes mais ilustres declamavam nos festins romanos.

Mas as palavras do bom soldado são repetidas todos os dias, com profunda veneração, por milhares de lábios humildes e orgulhosos!

E por quê?

Porque as palavras do poeta eram despidas de sinceridade, ao passo que as palavras do soldado foram proferidas com fé!

Escuta, meu filho, as palavras ditas com fé, para a salvação de uma alma, ficarão na lembrança dos homens *per omnia soecula soeculorum*!

Glória a Deus! Glória a Deus no mais alto dos céus e paz, na terra, aos homens de boa vontade!

Amém!

(De *Novas lendas cristãs*)

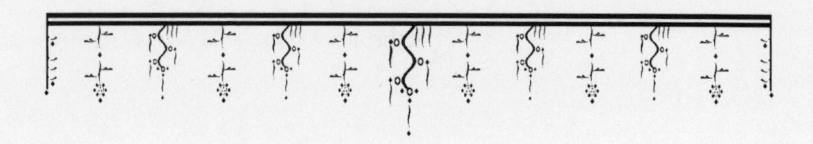

O fio da aranha

(Lenda hindu)

Kandata, o facínora, tendo expirado sem mostras de arrependimento, foi pela imutável Justiça atirado à região sombria dos eternos suplícios.[1]

Durante muitos séculos, suportou indiferente os tormentos do inferno. Um dia, porém, seu coração empedernido foi tocado por tênue raio de luz do arrependimento. Ajoelhou-se e implorou, em prece fervorosa, a proteção e misericórdia do Senhor da Compaixão.[2]

---

[1] O inferno
[2] Deus.

No mesmo instante surgiu-lhe a figura radiosa de um anjo, que lhe disse:

— O Senhor da Compaixão ouviu a prece humilde que acabas de proferir. E aqui estou para salvar-te dos castigos tenebrosos do inferno. Ó Kandata, no decorrer das tuas vidas anteriores, houve dia em que tivesses assistido a uma boa ação tua, por menor que fosse? Ela te ajudaria, agora, livrando-te dos tormentos que, sem tréguas, te afligirão. Mas nunca esperes ver cessados os sofrimentos atuais, conseqüência do teu passado, se conservares ainda sentimentos de egoísmo e se tua alma guardar a impureza da vaidade, da luxúria e da inveja! Diz-me, ó Kandata, se queres sair daqui, qual foi, acaso, o ato de bondade que em vida praticaste.

— Pelo Deus da Misericórdia! — exclamou Kandata, cheio de profunda humildade e tristeza. — Jamais pratiquei, em minha vida passada, qualquer ato digno ou louvável. A minha existência foi um rosário interminável de crimes e infâmias de toda espécie!

— Kandata! — insistiu o anjo. — Procura rememorar miudamente todas as ações do teu negro passado! Basta um ato verdadeiramente bom de tua parte, um só, para que obtenhas o perdão de Deus! Alguma vez socorreste, com a esmola, o desprotegido da sorte?

— Nunca! — murmurou Kandata, com voz sucumbida.

— Algum dia — prosseguiu o anjo — tiveste uma palavra de consolo ou de bondade para os aflitos e desesperados?

— Nunca!

— Não te moveram, uma vez, à piedade, os enfermos, nem dispensaste alguma proteção aos fracos e infelizes?

— Nunca! — soluçava Kandata, com o desespero dos arrependidos.

— E para com os animais, nossos irmãos inferiores? — insistiu ainda o anjo. — Trataste com crueza, impiedosamente, todos os seres fracos do mundo?

— Deus seja louvado! — exclamou Kandata. — Lembro-me de que, certa vez, ao atravessar um bosque, vi uma pequenina aranha que procurava esconder-se sob a relva. "Não pisarei nesta pobre aranha", pensei, "porque é fraca e inofensiva." Desviei o passo, a fim de poupar a vida ao mísero animalzinho. Teria sido esta uma ação agradável aos olhos do Criador?

— Feliz que és, Kandata — respondeu o anjo. — Esse pequeno ato de bondade que acabas de recordar é, sem dúvida, suficiente para salvar-te do inferno; e é a própria aranha do bosque que, em breve, te proporcionará — pela vontade divina — o meio único de salvação. Da altura infinita do céu a aranhazinha vai lançar-te um fio; por ele poderás subir até ao seio do Onipotente!

E, isto dizendo, o anjo desapareceu.

Quase no mesmo instante, viu Kandata, com grande assombro, que um fio de aranha descia das alturas divinas até o fundo do abismo negro que o torturava. Aquele fio, de enganadora fraqueza, representava para ele a salvação, a tão sonhada ventura! Estaria, para sempre, livre dos suplícios indizíveis do inferno!

Sem hesitar, Kandata agarrou-se a ele e começou a subir. Sentiu, desde logo, que o fio — pela vondade do Onipotente — era forte e lhe sustentava perfeitamente o peso do corpo, que balouçava no espaço.

De repente, porém, em meio da escalada, lembrou-se o bandido de olhar para baixo e notou que os seus companheiros de infortúnio procuravam, também, à porfia, salvar-se da região dos tormentos, subindo pelo mesmo fio.

Com certeza, não poderá tão delgado sustentáculo suportar o peso dessa gente toda! — pensou Kandata apavorado.

E, instigado pelo terrível egoísmo, desejando apenas a própria liberdade — sem lhe importar a alheia desgraça —, gritou para os infelizes que já se agarravam, penca infernal, ao fio salvador:

— Larguem, miseráveis! Larguem, que este fio é meu, só meu!

No mesmo instante, partia-se o fio da aranha e Kandata era para sempre restituído às profundezas em que tanto tempo sofrera tão duros castigos!

O fio salvador, forte bastante para levar ao céu milhares de criaturas arrependidas de seus crimes, rompera-se ao sofrer o peso do egoísmo que a maldade insinuara num coração!

(De *Lendas do deserto*)

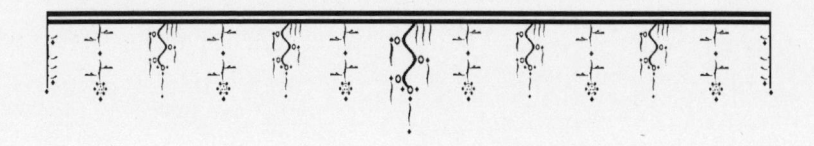

A princesinha Sangalu

Até hoje os árabes se referem com admiração e orgulho ao nome de Al-Mansur, o famoso califa de Bagdá. Foi um monarca generoso e justo. E, mais ainda, tolerante e bondoso.

O grande Al-Mansur, pai extremoso, tinha uma filha que era todo o encanto de sua vida.

Halima (assim se chamava a princesinha) morava num suntuoso palácio, que um arquiteto cristão fizera erguer no centro de opulento jardim. Dispunha de várias escravas para o seu serviço. Possuía caixas cheias de joias; em seus aposentos amontoavam-se vestidos finíssimos. Mas, apesar do luxo e do conforto em que vivia, atendida sempre em seus menores caprichos, rodeada de serviçais atentos e prontos para agradá-la, a princesa não se sentia feliz.

Uma tarde, depois da terceira prece, o califa Al-Mansur, ao regressar de uma longa e fatigante audiência com seus vizires, atravessou casualmente o jardim. Era um dia quente e abafado. No céu, cor de pérola, grazinava um bando de gaivotas. Pequenas borboletas de asas amarelas volitavam entre os canteiros. Ouvia-se o rumor doce e cantante do repuxo no meio dos rosais. De repente, o monarca viu a filha sozinha, sentada na grama, de cabeça baixa, numa atitude denunciadora de grande tristeza, fitando atenta as sombras que se desenhavam no chão. Cabe aqui um esclarecimento, que já se fazia necessário: Halima, nesse tempo, contava pouco mais de dezoito anos.

Al-Mansur sentiu-se assaltado por séria apreensão. Já de muitos dias, observava em sua filha qualquer coisa de anormal. Halima estaria doente? Teria algum desgosto recalcado a afligir-lhe o coração?

O bom monarca, sempre preocupado com o bem-estar da filha, interrogou-a com inexcedível brandura:

— Que tens, minha querida? Por que foges, constantemente, ao convívio de tuas amigas e vens ameigar a solidão? Desejas que te mande buscar novas bailarinas? Desejas ouvir os músicos cegos que tocam cítara e cantam ao som dos alaúdes? Interessa-te uma excursão às montanhas ou uma peregrinação às ruínas de Querbela? Vamos, conta-me o que sentes, pois é bem possível que eu descubra um meio de atenuar as tuas tristezas. Quero, para a minha perfeita felicidade, que a alegria volte a brilhar em teus olhos!

Interpelada desse modo, a bondosa princesa respondeu sorrindo, com ar de profunda amargura:

— Vivo torturada por um profundo desgosto, meu pai! E não acredito que possa existir remédio para o estranho mal que me oprime a alma e dilacera o coração!

— Que mal é esse, minha filha? Será possível que estejas apaixonada por algum príncipe encantado?

— Uma noite, meu pai, achava-me no pavilhão das Mil Violetas e já me preparava para repousar tranquila, quando ouvi na escuridão do parque o ladrar furioso dos cães de guarda. Seguiu-se um estranho rumorejo de vozes e gritos angustiosos que se perdiam nas trevas espessas. Teria algum ladrão audacioso escalado o muro e saltado para o jardim do palácio? Mandei que uma das escravas fosse indagar o que ocorrera. Passado algum tempo, a escrava regressou, com uma informação que me impressionou. Uma cigana, ao fugir de dois beduínos que a perseguiam, galgara o portão do palácio e fora atacada pelos cães bravios. Se os vigilantes não tivessem corrido com toda presteza, a infeliz fugitiva teria sido estraçalhada pelos molossos. Penalizou-me a situação da pobre mulher. Quis conhecê-la. Determinei que a trouxessem à minha presença. Era meu desejo interrogá-la. Com grande surpresa, verifiquei que se tratava de uma rapariga morena, robusta, de cabelos negros e simpática. As suas vestes estavam em frangalhos, sujas e ensanguentadas. A face direita, lanhada de alto a baixo por um profundo golpe, inspirava compaixão. A sua figura era trágica, impressionante. Por minha ordem as escravas cuidaram-lhe dos ferimentos e deram-lhe alimento. Falei-lhe, com mansidão e talvez receosa. Vencida pela delicada maneira com que era tratada, tornou-se viva e loquaz. Contou-nos que se chamava Suraia e que pertencia a uma tribo de nômades do deserto. Viera com alguns parentes a Bagdá em busca de remédios e víveres. "E que pretendiam de ti os dois beduínos?", perguntei-lhe. "Queriam matar-me", respondeu, passando, nervosa, a mão ferida pela testa. Compreendi que havia em torno daquela tragédia um segredo. Aquela mulher, para evitar a ameaça de dois sicários, não hesitou em atirar-se no meio de uma matilha de cães ferozes. Bem dizem os árabes: "Só sabe fugir, com verdadeira coragem, da morte, aquele que não tem nenhum amor à vida." A curiosidade apoderou-se de mim. Resolvi desvendar o mistério. Fiz com que as aias e escravas se retirassem e ficamos a sós no aposento, eu e a cigana. "Quero saber a verdade!", declarei com firmeza. "Exijo que me contes tudo o que ocorreu." A beduína arrancou da barra do vestido um frasco escuro e disse-me, arrebatada: "Eis aqui, princesa! Eis aqui o que os bandidos pretendiam: este frasco de perfume! E queres saber que perfume é este? É o célebre Sangalu, descoberto por um mágico da Armênia."

Depois de um curto silêncio, a princesa retomou o fio da narrativa, erguendo a bela nobre cabeça com um movimento encantador.

— Eu ouvira, realmente, de uma escrava negra (quando ainda era menina) uma história complicada na qual aparecia esse perfume denominado Sangalu. Para mim, o Sangalu não passava de uma lenda, uma fantasia louca. Aquele que aspirava o Sangalu, afirmavam os supersticiosos, adquiria um dom extraordinário. Ficava com o poder de atrair, como se fosse um ímã encantado, os segredos de todas as pessoas que dele se aproximassem. E ali estava, nas mãos da cigana, o perigoso Sangalu! Disse a Suraia: "Dá-me, por um instante, esse frasco! Quero certificar-me da verdade." A cigana, com o olhar desvairado, obedeceu-me. Ajoelhou-se, porém, a meus pés e suplicou-me, alucinada, que não aspirasse aquele infernal perfume. Seria, para mim, uma desgraça. Não lhe dei ouvidos. Repugnavam-me as crendices e superstições grosseiras da cigana. Abri o frasco e aspirei lentamente o Sangalu. O aroma que exalava pareceu-me um misto de jasmim e *bekum*. Derramei uma gota na palma da mão e, a seguir, fechei novamente o frasco e devolvi-o à rapariga. Aquele frasco (de acordo com a tradição dos árabes) tornara-se inútil: perdera todo o seu poder. Suraia afastou-se de mim, bradando, com quanta força tinha, em seu arrevezado dialeto: *"Bacrun fir Halima bissir"*! Não dei ao caso a menor importância. No dia seguinte, pela manhã, recomendei fosse entregue à cigana uma bolsa com cem dinares e deixei-a partir tranqüila. Logo pela manhã verifiquei que a minha vida ia sofrer uma profunda alteração. Izzat, a bondosa escrava que me veio pentear, com uma vivacidade muito fora de sua habitual placidez, revelou-me dois gravíssimos segredos da sua vida. Fiquei impressionada. Izzat era de gênio retraído, muito calada, raramente falava. Seria aquilo influência do Sangalu? Já estaria eu, sem querer, atraindo os segredos alheios? Não; fora tudo simples coincidência e nada mais. Recebo, porém, na terceira hora, a visita de Nacibe, esposa de um vizir, a qual vinha todos os dias bordar em minha companhia. Essa dama, que sempre se mostrara discreta, levou-me para um canto da sala e revelou-me, nervosa, atropelando as palavras, várias particularidades espantosas de sua vida íntima. E, desse momento em diante, nunca mais tive sossego. Qualquer mulher que de mim se aproxima entra, sem o menor recato, a desfiar o rosário das mais negras confidências. São casos tenebrosos do marido, dos filhos e dos amigos. Algumas segredam-me com a maior simplicidade: "Quando chego junto de ti, princesinha, sinto logo um desejo incontido de contar tudo o que sei; de confessar os meus pecados, de revelar os pensamentos mais secretos e as coisas mais íntimas de minha vida. Eu, que sou tão discreta diante de meu marido, de minha mãe ou de meu pai, não me posso conter diante de ti, princesinha!" E entram logo a falar... Sinto-me esmagada sob o peso de uma verdadeira montanha de segredos que jamais poderei revelar. Tornou-se para mim uma torturante obsessão ouvir, a todo instante, queixas, ignomínias, mexericos, indiscrições. Sou, como diz o povo, uma Sangalu. Que vida torturante! Temo, por vezes, enlouquecer! Afasto-me de todos, pois cada novo segredo, com seu cortejo de torpezas e misérias, envenena-me a vida e enegrece-me o coração!

O califa, ao ouvir aquela surpreendente narrativa da filha, encarou-a de olhos silenciosos e uma inquietação grave. Impunha-se uma solução urgente para o caso. Como livrar Halima daquela perseguição diabólica?

Disse, por fim, o velho monarca, fitando-a, embevecido:

— Escuta, flor de minha vida! Fácil será, para mim, encontrar um meio que ponha termo às tuas aflições. Quero, entretanto, prevenir-te de uma coisa. Ontem, conversando com o vizir Labid...

A jovem encarou o pai com angústia e assombrada; levantou-se num ímpeto e afastou-se a correr.

— Não, meu pai! Não! — protestou, aflita.

A desditosa princesinha percebera que o velho monarca, sob a influência mágica do Sangalu, esquecido de que falava à própria filha, ia contar-lhe também um segredo.

E não seria para ela uma desgraça tomar conhecimento dos segredos que negrejavam a vida do pai?

O califa não fez o menor gesto para deter a filha. Deixou-a afastar-se. Viu-a entrar no pavilhão das Mil Violetas e encaminhou-se tranquilo para os seus aposentos, que ficavam no outro extremo do parque, emboscado na mancha espessa do arvoredo.

Mandou, no mesmo instante, que viesse à sua presença o esclarecido Abu-Mussa, seu vizir-conselheiro, já em provecta idade.

Pretendia consultá-lo sobre o estranho caso de Halima, pois era inadmissível que sua filha, fadada a uma existência feliz e tranquila, transformada inopinadamente em Sangalu, vivesse amortalhada pelos segredos e confidências alheios. Abu-Mussa era um ulemá, isto é, um sábio capaz de solucionar os problemas mais complicados e mais obscuros.

Trocados os primeiros salans, disse o califa, com voz grave e pausada, ao douto e sisudo vizir:

— Recebi, meu caro Abu-Mussa, uma denúncia secreta que me deixou impressionado. Informaram-me que, em nossa corte, existe uma pessoa que possui o dom misterioso de Sangalu!

— Não creio, ó emir dos árabes, que seja verdadeira essa denúncia. Não há segredo que resista ao poder da essência de Sangalu. Ora, uma pessoa dotada dessa mágica influência, isto é, um verdadeiro Sangalu, entraria na posse dos segredos mais graves, ficaria a par de todas as intrigas, estaria informada de todos os planos, negócios e combinações. O Sangalu seria capaz de revolucionar o país. Imaginai, ó príncipe dos crentes, o poder extraordinário de um homem que tivesse conhecimento de segredos recônditos de todos os nossos generais? De que não seria capaz esse Sangalu, tendo o exército, a polícia, a magistratura e os sacerdotes inteiramente entregues a seus caprichos? Muitos homens, tidos como honrados, seriam presos e decapitados, centenas de funcionários seriam demitidos; alguns ministros (que agora vivem no luxo e na opulência) teriam os seus bens confiscados pelo Estado; haveria a ruína de muitos lares; anulações de casamentos; suicídios; assassinatos; uma calamidade, enfim!

O califa Al-Mansur encarava com infinito assombro o seu honrado vizir. Este, depois de breve pausa, tomando uma grande atitude, prosseguiu com a mesma entonação:

— Tudo leva a crer, portanto, que a denúncia que chegou ao vosso conhecimento é falsa. E quereis uma prova segura da veracidade do que afirmo? Se houvesse, na corte, uma pessoa (homem ou mulher, não importa!) com o poder de Sangalu, o trono de Badgá já não estaria em vosso poder. Essa pessoa, com a força invencível dos segredos alheios, já teria provocado uma revolução e tomado conta do governo! Tal hipótese só não ocorreria se o dom de Sangalu tivesse recaído sobre pessoa dotada de uma bondade infinita e de uma força de caráter excepcional. Direi, enfim, que o Sangalu só não seria nocivo à coletividade se (como dizem os cristãos) fosse um verdadeiro santo, digno de ser colocado no altar, e venerado por todos os crentes! Não acredito na existência de uma criatura capaz de se apoderar de todos os segredos e fechá-los para sempre no cofre do coração. Penso, pois, que, para a tranquilidade do povo e para a segurança do Estado, qualquer pessoa (seja ela quem for) suspeita de Sangalu deve ser presa e executada inexoravelmente!

E o ancião acrescentou, com impressionante serenidade, esforçando-se por ser claro e decidido:

— Alguém poderá objetar que seria uma clamorosa injustiça, um crime odioso, uma verdadeira infâmia, condenar-se à morte um Sangalu inocente. Sim, mas, diante dos interesses sagrados do Estado, anulam-se e desaparecem, por completo, os interesses individuais. Se um inocente oferece perigo ao Estado, se sua existência é uma ameaça para a coletividade, elimina-se o inocente! Há segredos, ó príncipe dos crentes, que, quando chegam ao conhecimento do povo, aniquilam coroas e arruínam os tronos mais poderosos!

As gravíssimas considerações aduzidas pelo velho ulemá deixaram o califa Al-Mansur mergulhado em perplexidade.

"Este vizir", pensou o rei, "obcecado pela nefanda preocupação de defender o Estado, não hesitará em praticar a infâmia de entregar às mãos impiedosas do carrasco a minha meiga e bondosa Halima. Aqui só há uma solução. Não me ocorre outra. Vou apunhalar este velho intolerante e mandá-lo para o túmulo com todas as suas teorias ignóbeis e revoltantes. O laço que não se pode desatar, corta-se. Este fanático será, de um momento para outro, terrível ameaça para minha filha; amanhã, com seus infames argumentos, exigirá do povo o sacrifício de Halima."

Desatinado pelos pensamentos que tumultuavam seu espírito, o califa de Bagdá, habitualmente tão sereno, chegou a levar a mão ao cabo do punhal.

Conteve-se, porém. Fez-se lívido. Flamejavam-lhe os olhos com um brilho que mais parecia febril que natural; suas mãos tremiam. Sentia-se fortemente impelido por duas paixões opostas; crispavam-se-lhe os punhos cerrados.

Por Alá ! Um segredo apenas (a certeza, por todos ignorada, de que sua filha era Sangalu) já o impelia, naquele trágico instante, a praticar um crime covarde — o assassínio de um ancião! Imagine-se, agora, se ele fosse um Sangalu, com o coração enegrecido por mil e um segredos tenebrosos?

E o califa, dominando o ímpeto sanguinário que lhe refervia espírito, simulando tranquilidade e indiferença, como

um homem que teme e deseja saber, interpelou o vizir Abu-
-Mussa no tom mais natural deste mundo, anediando as barbas:

— Sou, meu caro vizir, o primeiro a reconhecer que, se o
terrível dom de Sangalu recaísse, por triste fatalidade, em pessoa destituída de caráter e bons sentimentos, passaria a constituir grave perigo para a segurança do trono e séria ameaça
para a felicidade do povo. Raro, bem raro, é o homem que
não tem, pesando-lhe no passado ou atormentando-o no presente, a sombra negra de um segredo pecaminoso. Só Alá, o
Clemente, pode conhecer as faces confidenciais de nossa vida
e os pensamentos veneníferos que nos dominam; pois Deus
é justo e sabe perdoar. Pode acontecer, entretanto, que algum
infeliz tenha sido levado, involuntariamente, a possuir o ma-
léfico poder de Sangalu. Que faria para livrar-se dele? Em
outras palavras: esse mal de Sangalu é incurável?

— Incurável não é — afirmou o vizir inclinando a fronte
clara —, já chegou ao meu conhecimento o estranho caso de
um homem que se livrou do mal de Sangalu.

— Conta-me esta história, ó esclarecido talebe — acudiu
crepitante o rei, com mal disfarçada inquietação. E pensou: "Enquanto ele narra, decidirei se devo matá-lo agora ou mais tarde!"

— Escuto e obedeço, ó comendador dos crentes — retorquiu o vizir com profunda vênia.

E, com seu ar impenetrável e sombrio, narrou o seguinte:*

*Nota — A continuação deste conto, no vol. 2 das *Mil histórias sem fim...*, vai constituir um
novo capítulo intitulado: "História singular de um hóspede misterioso".

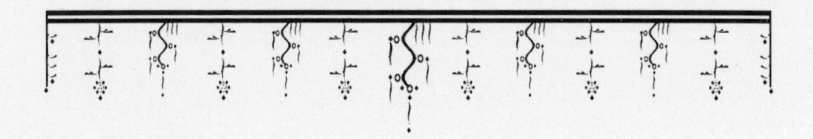

O oleiro e o poeta

O caso da rua El-Kichani parecia, realmente, muito sério. Uma rixa inesperada surgira entre o jovem Fauzi, o poeta, e o oleiro Nagib. Os curiosos amontoavam-se junto à casa do oleiro. Cruzavam-se as interrogações: que foi? Como foi? Brigaram? Um guarda, para evitar que o tumulto se agravasse, resolveu levar os dois litigantes à presença do cádi, isto é, do juiz.

Esse juiz, homem íntegro e bondoso, interrogou, em primeiro lugar, o oleiro, que parecia o mais exaltado:

— Mas, afinal, meu amigo, de que se trata? Parece-me que foste agredido. É verdade?

— Sim, senhor juiz — confirmou o oleiro desabridamente —, fui agredido, em minha própria casa, por este poeta. Estava, como de costume, trabalhando em minha oficina,

preparando dois novos vasos coloridos, que pretendia vender ao príncipe Rauzi, quando ouvi um ruído surdo e a seguir um baque. Percebi logo de que se tratava. O poeta Fauzi, que cruzava, naquela ocasião, a rua Bardauni, havia atirado violentamente uma pedra e partira um dos vasos — um vaso já pronto, que estava a secar junto à porta! Ora, senhor juiz, isso é um absurdo, um crime! Estou no meu direito; exijo uma indenização!

Voltou-se o juiz para o poeta e interpelou-o serenamente:

— Que tens a alegar, meu amigo? Como justificas o teu estranho proceder?

— Senhor cádi — respondeu o jovem —, o caso é muito simples e quero crer que a razão milita a meu favor. Há três dias passados voltava eu da mesquita quando, ao cruzar a rua Bardauni, em que mora o oleiro Nagib, percebi que ele declamava um de meus poemas. Notei, com tristeza, que os versos estavam errados: o oleiro mutilava, isto é, quebrava os meus versos. Aproximei-me dele e, delicadamente, ensinei-lhe a forma certa, que ele repetiu sem grande dificuldade. No dia seguinte, ao passar novamente pelo mesmo lugar, ouvi ainda o oleiro a repetir os mesmos versos deturpados, isto é, com a forma erradíssima. Cheio de paciência, tornei a ensinar-lhe a forma correta, e pedi-lhe que não tornasse a mutilar os meus poemas. Hoje, finalmente, regressava eu do trabalho quando, ao passar pela rua Bardauni, percebi que o oleiro declamava a minha linda poesia, estropiando as rimas e mutilando vergonhosamente os versos. Não me contive. Apanhei de uma pedra e parti com ela um de seus vasos. Como vê, senhor juiz, o meu procedimento não passou, afinal, da represália de um poeta que se sente ferido em sua sensibilidade artística por um indivíduo grosseiro.

Ao ouvir as alegações do poeta, o juiz, dirigindo-se ao oleiro, declarou:

— Que esse caso, ó Nagib, sirva de lição para o futuro! Procura respeitar as obras alheias, a fim de que os outros artistas respeitem as tuas obras. Se te julgavas com o direito de quebrar o verso do poeta, achou-se também o poeta com o direito de quebrar o teu vaso. Lembra-te de que o poeta é o oleiro da frase, ao passo que o bom oleiro é o poeta da cerâmica!

E a sentença do ilustre cádi foi a seguinte:

— Determino, pois, que o oleiro Nagib fabrique um novo vaso de linhas perfeitas e cores harmoniosas, no qual o poeta Fauzi escreverá um de seus lindos versos. Esse vaso será vendido em leilão e a importância da venda repartida igualmente entre ambos.

A notícia do caso espalhou-se pela cidade. O oleiro vendeu muitos vasos com versos do poeta Fauzi e ambos se tornaram prósperos e ricos. Mas continuaram sempre bons amigos. O oleiro mostrava-se arrebatado ao ouvir os versos do poeta; encantava-se o poeta com os vasos admiráveis do oleiro.

Uassalã!

(De *Maktub!*)

Dos dez para os doze

O rei Tajuã ou Teijuã, do Iêmen, senhor de 180 mil palmeiras, tinha um vizir chamado Calin-Beg, que era excessivamente gordo e, digamos sem receio da verdade, excessivamente mau.

A gordura espantosa do tal ministro podia ser pesada facilmente, em arrobas, numa grande balança de ferro; impossível seria, entretanto, calcular a soma das maldades que negrejavam seu coração.

Um dia, ao terminar a audiência costumeira, o maldoso Calin-Beg, com voz grave e solene, assim falou ao poderoso sultão:

— Os judeus, senhor, constituem uma raça detestável. O ouro obtido pelo trabalho penoso de nossas mãos vai cair, finalmente, em poder deles. São infiéis incorrigíveis e a todo instante proferem blasfêmias contra os preceitos mais puros e elevados da nossa religião. Penso que devemos expulsá-los, o mais depressa possível, do nosso país e venho pedir-vos, para isso, a necessária autorização.

O rei Tajuã ou Teijuã, tolerante e bondoso, não ocultava a sua simpatia pelos judeus que viviam em seus domínios.

Não via, aliás, razão alguma para repelir e martirizar um povo que não perturbava a paz de suas 180 mil palmeiras e, ao contrário, contribuía, de algum modo, para o progresso de seu reino. Disse, pois, ao seu odiento vizir:

— Uma vez que julgas medida útil ao bem-estar de meus súditos, eu não hesitaria em decretar, de momento, a expulsão de todos os israelitas. Como medida preliminar, desejo, entretanto, observar como vivem e trabalham os judeus. Vamos, meu amigo, dar ligeiro passeio pelos arredores da cidade.

Acudiu pressuroso o ministro:

— Julgo interessante a vossa lembrança, ó rei! Tereis ocasião de ver, durante a nossa excursão, que os judeus vivem como chacais imundos, praguejando, cheios de ódio, contra os servos de Alá. (Exaltado seja o Altíssimo!)

Momentos depois, o rei Teijuã, acompanhado do seu primeiro-ministro, saía a passear pelos bairros mais pobres da cidade, observando atentamente os míseros casebres em que viviam os israelitas.

Em dado momento, aproximou-se o soberano de um pobre tecelão que trabalhava sentado à soleira da porta e disse-lhe, em tom amistoso:

— Por Alá, meu amigo! Vejo-te a trabalhar incessantemente. Dos dez já tiras tu para os doze?

Respondeu o tecelão, esboçando um sorriso muito triste:

— Ah, senhor! Eu, dos dez, não tiro nem para os 32!

Ao ministro, que tudo ouvia com a maior atenção, causou não pequeno espanto aquele estranho diálogo.

O rei Tajuã, entretanto, parecendo não se contentar com a resposta do pobre judeu, interrogou-o novamente:

— E quantos são, para ti, os 32 de cada dia?

— Quatro, com dois incêndios — tornou o outro.

Sorriu o rei ao ouvir essa resposta, cujo sentido a inteligência do vizir não soube penetrar, e insistiu com bondade:

— Se esperas incêndio para breve, por que não depenas logo o pato? Com as penas poderás apagar o fogo.

Retorquiu o tecelão:

— Assim espero, senhor. Com a ajuda de Deus, em breve depenarei o pato.

Ao regressar ao palácio, o rei observou, muito sério, ao vizir:

— Estou certo, meu amigo, de que compreendeste perfeitamente a conversa que tive, há pouco, com aquele pobre judeu.

— Infelizmente, senhor — confessou, constrangido, o ministro —, ouvi as vossas perguntas e todas as respostas do israelita sem nada entender!

— Pela glória do Profeta — cortou o rei —, a declaração que acabas de fazer é humilhante para um vizir! Não posso tolerar semelhante fraqueza! Vou conceder-te o prazo de três dias para descobrires a significação perfeita das minhas perguntas e explicares, claramente, todas as respostas dadas pelo judeu. Se não o conseguires, serás demitido, por incapacidade, do cargo de vizir.

O odiento ministro, esmagado pela terrível ameaça do rei, procurou por todos os meios a decifração do mistério.

As perguntas do rei não tinham, realmente, sentido algum. A primeira era obscura charada: "Dos dez já tiras tu para os doze?"

E a resposta, logo a seguir, dada pelo judeu? Não passava, afinal, de um verdadeiro disparate: "Ah, Senhor! Eu, dos dez, não tiro nem para os 32!"

A segunda indagação do rei parecia traduzir completo absurdo: "E quantos são, para ti, os 32 de cada dia?"

Eis a enigmática resposta formulada pelo israelita: "Quatro, com dois incêndios!"

Havia, ainda, como complemento diabólico, a terceira pergunta do soberano: "Se esperas incêndio para breve, por que não depenas logo o pato? Com as penas poderás apagar o fogo."

Convenceu-se o rancoroso vizir de que a sua pobre e acanhada inteligência não dispunha de recursos para deslindar o segredo que envolvia o estranho diálogo, travado entre o rei e o israelita.

Consultou, às ocultas, seus amigos mais atilados, mas nenhum deles soube achar uma explicação para o caso. Recorreu aos ulemás (doutores) que viviam entre livros e manuscritos, e os sábios, depois de largas divagações filosóficas, declararam-se incapazes de esclarecer o mistério.

Que fazer?

Preocupado com a grave ameaça que lhe pesava sobre os ombros, resolveu, enfim, procurar a única pessoa que poderia auxiliá-lo naquela dificuldade. Foi, sem mais hesitar, à casa do tecelão judeu.

Interrogado pelo vizir, respondeu o velho israelita:

— Sinto dizer-vos, senhor, que sou pobre e luto para viver modestamente. Não posso perder, portanto, as boas oportunidades que se me oferecem para melhorar a triste condição de penúria em que me encontro. Exijo, pois, o pagamento de cem dinares pela explicação da primeira pergunta.

O ministro Calin-Beg tirou, imediatamente, da sua bolsa, a quantia pedida e entregou-a ao judeu:

— A primeira pergunta, ó vizir — começou o israelita —, é muito simples. O nosso bom soberano queria saber "se dos dez eu tirava para os doze", isto é, se com dez dedos da mão eu ganhava o suficiente para viver durante os doze meses do ano. Respondi-lhe, então (essa é a verdade), que "dos dez eu não tirava nem para os 32", isto é, para os 32 dentes da minha boca, ou melhor, com os dez dedos da mão eu não chegava a obter o indispensável para a minha alimentação!

— Realmente! — exclamou radiante o ministro. — É muito racional e clara tua explicação. Compreendi tudo perfeitamente. E a segunda parte, ó filho de Israel, que sentido tem?

— Para a explicação da segunda parte desse enigma — impôs o tecelão —, quero receber um prêmio de duzentos dinares.

Satisfeito imediatamente, o judeu, depois de guardar o dinheiro, assim falou:

— Quando o nosso glorioso soberano me interpelou daquela forma: "E quantos são, para ti, os 32 de cada dia?", compreendi que ele queria saber o número de pessoas mantidas por mim, isto é, quantos são os 32 (dentes) a que dou de comer a cada dia. A minha resposta foi clara e evidente: "Quatro, com dois incêndios." As quatro pessoas são: minha mulher e três filhos. "Com dois incêndios" significa "com duas filhas para casar". Pois o casamento de uma filha acarreta, para nós, judeus, tanta despesa, tantos transtornos e aborrecimentos, que pode ser comparado a um verdadeiro incêndio. Com a minha resposta, clara e precisa, informei o rei sobre o número de pessoas da minha família, indicando até o número exato de filhas que pretendo casar.

— É curioso! — refletiu o vizir. — Sinto agora que o enigma não tem, realmente, dificuldade alguma. E a última pergunta? Como poderei interpretá-la?

Para decifrar a terceira e última pergunta, o judeu, alegando maior dificuldade e embaraço, exigiu o pagamento de quinhentos dinares.

Logo que se viu de posse do dinheiro, o astucioso israelita explicou:

— A última pergunta formulada pelo glorioso soberano tem um sentido muito claro: "Se esperas incêndio para breve, por que não depenas logo o pato?", isto é, "se precisas de recursos para casar tua filha, por que não tomas o dinheiro de um tolo qualquer?" "Pato", como ninguém ignora, é o indivíduo pouco inteligente, do qual podemos tomar, sem dificuldade, quantia por vezes avultada. Tendo compreendido o sentido exato das palavras do rei, respondi que ainda tinha, com a ajuda de Deus, esperança de depenar o pato, isto é, de arranjar com um lorpa qualquer o dinheiro necessário. E foi precisamente o que aconteceu, senhor ministro. Com o dinheiro que acabo de receber de vossas mãos generosas, poderei custear o próximo casamento de minha filha mais velha!

Retirou-se, envergonhado e furioso, o vizir, mais furioso do que envergonhado, ao perceber que, no fim das contas, ele fizera o papel ridículo do "pato", isto é, de idiota!

Ao chegar ao palácio, foi ter à presença do monarca e declarou que estava pronto a explicar o sentido de todas as enigmáticas perguntas.

Sorriu o rei do Iêmen ao ouvir aquela confissão de seu maldoso secretário, e disse-lhe:

— E ainda pretendes, ó vizir, expulsar de nosso país um povo tão vivo e inteligente? Acabaste de receber a prova eloquente de que um simples e inculto remendão judeu é capaz de reduzir ao mísero papel de "pato" o vizir mais atilado do mundo.

E aqui termina, meu caro leitor, a lenda que se refere ao tal rei Tajuã ou Teijuã, do Iêmen, senhor das 180 mil palmeiras.

(De *Lendas do povo de Deus*)

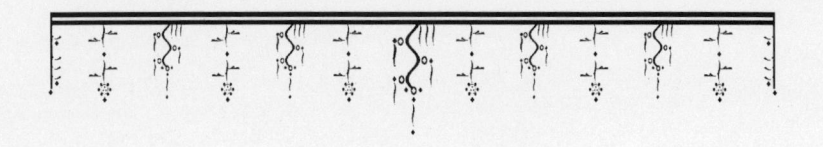

A porcelana do rei

(Lenda chinesa)

Certa vez, achava-se Confúcio, o grande filósofo, na sala do trono.

Em dado momento, o rei, afastando-se por alguns instantes dos ricos mandarins que o rodeavam, dirigiu-se ao sábio chinês e perguntou-lhe:

— Dizei-me, ó honrado Confúcio: como deve agir um magistrado? Com extrema severidade, a fim de corrigir e dominar os maus, ou com absoluta benevolência, a fim de não sacrificar os bons?

Ao ouvir as palavras do soberano, o ilustre filósofo conservou-se em silêncio; passados alguns minutos de profunda reflexão, chamou um servo, que se achava perto, e pediu-lhe que trouxesse dois baldes — sendo um com água fervente, outro com água gelada.

Ora, havia na sala, adornando a escada que conduzia ao trono, dois lindos vasos dourados de porcelana. Eram peças preciosas, quase sagradas, que o rei muito apreciava.

E, com a maior naturalidade, ordenou o velho filósofo ao servo:

— Quero que enchas esses dois vasos com a água que acabas de trazer, sendo um com a água fervente e o outro com a água gelada!

Preparava-se o servo obediente para despejar, como lhe fora ordenado, a água fervente num dos vasos e a gelada no outro, quando o rei, emergindo de sua estupefação, interveio no caso com incontida energia:

— Que loucura é essa, ó venerável Confúcio! Quereis destruir essas obras maravilhosas?! A água fervente fará, certamente, arrebentar o vaso em que for colocada; a água gelada fará partir-se o outro!

Confúcio tomou então de um dos baldes, misturou a água fervente com a água gelada e, com a mistura assim obtida, encheu os dois vasos sem perigo algum.

O poderoso monarca e os venerandos mandarins observavam atônitos a atitude singular do filósofo.

Este, porém, indiferente ao assombro que causava, aproximou-se do soberano e assim falou:

— A alma do povo, ó rei, é como um vaso de porcelana, e a justiça é como a água. A água fervente da severidade ou a

gelada da excessiva benevolência são igualmente desastrosas para a delicada porcelana; manda, pois, a sabedoria e ensina a prudência que haja um perfeito equilíbrio entre a severidade, com que se pode castigar o mau, e a longanimidade, com que se deve educar e corrigir o bom.

(De *Lendas do deserto*)

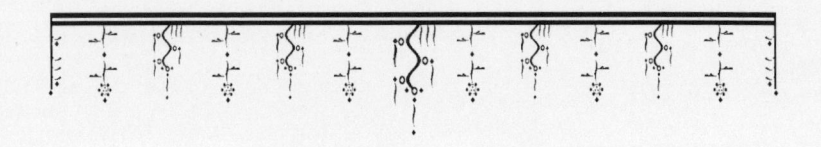

O palácio maravilhoso

A lenda singular que envolve a vida gloriosa do rei Hiamir, senhor do Iêmen, deve ser contada cem mil vezes para que os homens de sentimento possam dela colher as tâmaras mais doces da beleza e da verdade.

Se Alá permitir, poderei repeti-la mais uma vez:

Conta-se que o rei Hiamir chamou, certa vez, o seu digno ministro Idálio e disse-lhe:

— Quero fazer, ó vizir, uma longa e demorada excursão a uma das regiões mais longínquas do meu reino. Formei o desejo de visitar e percorrer o país de Tiapur, na fronteira. Estou informado, porém, de que essa província, sobre ser pobre e triste, é árida e sem conforto. Daqui partirás, pois, alguns meses antes de mim, levando os recursos que forem necessários. Logo que chegares a Tiapur mandarás, sem demora, construir um magnífico palácio, com largas varandas de marfim e pátios floridos. Nesse palácio ficarei hospedado, durante uma temporada, com tranquilidade e conforto.

Respondeu o vizir, beijando a terra entre as mãos:

— Escuto e obedeço, ó rei, a vossa ordem estará sempre diante de meus olhos e de meu coração.

Cinco dias depois, uma poderosa caravana, sob a chefia do grão-vizir, partia da capital em demanda dos oásis verdejantes de Tiapur. Os numerosos camelos carregados de ouro e ricas alfaias deixavam sulcos bem fundos na areia branca do deserto. A fila era tão extensa que a caravana, ao parar, sob a inclemência do sol, parecia um arabesco escuro traçado no areal sem fim.

— Que vai fazer, tão longe, o vizir? — indagavam os beduínos. — Por Alá! Com que fim conduz ele tantas riquezas?

O chamir — guia da caravana — procurava saciar aquela sede de curiosidade, derramando uma torrente de indiscrições:

— O vizir vai construir, em Tiapur, um palácio maravilhoso para o rei! O palácio terá varandas de marfim e pátios cheios de flores! Uassalã!

A imensa caravana conduzia, realmente, entre os seus viajantes, o talentoso Benadin, o arquiteto de mais prestígio daquele tempo.

Ao chegar, porém, ao país de Tiapur, o vizir Idálio ficou desolado com o estado de pobreza e de abandono em que se achava a população. Encontrou, pelas estradas, crianças famélicas, nuas, que mendigavam tâmaras secas; em casebres de palha, centenas de infelizes, abatidos pelas febres, morriam de inanição; mulheres cobertas de andrajos, com os filhinhos nos braços, deixavam-se ficar, esquálidas, no pátio da velha mesquita, aguardando os pedaços de pão que eram ali atirados por beduínos supersticiosos.

Os quadros de miséria e sofrimento que se desenrolavam, a cada passo e a todo instante, torturavam o coração do poderoso ministro. E ele trouxera, por ordem do rei, mais de 30 mil dinares, que seriam gastos na construção de um grandioso palácio!

Que fez o vizir do rei?

Levado por um impulso irresistível de bondade, em vez de executar a ordem do poderoso soberano, deliberou gastar o dinheiro que trazia, beneficiando a infeliz população de Tiapur. Mandou, pois, construir abrigos para os desamparados; distribuiu víveres entre os mais necessitados; determinou que todos os enfermos fossem, sem demora, medicados; forneceu vestes aos que estavam nus e pão, em abundância, aos que padeciam fome. Por sua ordem foi construído um grande asilo para os órfãos; mandou, ainda, reformar a mesquita, que se achava quase em ruínas, e ao lado do velho templo fez erguer um magnífico hospital, onde recolheu os cegos e aleijados.

Ao fim de alguns meses, notava-se uma transformação completa da cidade. Os homens haviam voltado, cheios de entusiasmo, ao trabalho, e por toda parte reinava a alegria; as crianças brincavam nos pátios e as mulheres cantavam nas portas das tendas.

E do palácio maravilhoso, que o rei encomendara, nada existia...

Um dia, afinal, como já estava combinado, o rei Hiamir, acompanhado de grande escolta, deixou a bela cidade em que vivia para jornadear pelas terras fronteiriças de seu reino.

O vizir Idálio foi ao encontro do soberano e aguardou a chegada da régia caravana ao oásis de Cobo, que fica a três horas de jornada de Tiapur.

— Estou ansioso, ó vizir — exclamou o rei —, por admirar o belo monumento que aqui vieste construir! A fadiga da longa viagem convida-me ao repouso, mas só saberia descansar na varanda de marfim de meu belo palácio!

Quando o rei Hiamir chegou a Tiapur, foi recebido por uma indescritível manifestação de júbilo da população.

— Sinto-me feliz — confessou o monarca ao seu primeiro-ministro — por saber que sou sinceramente estimado pelos meus dedicados súditos. A satisfação com que todos aqui me recebem é um indizível conforto para o meu espírito.

E, muito intrigado, perguntou:

— Mas onde está, ó vizir, o palácio de Tiapur?

— Rei poderoso! — respondeu o vizir Idálio. — Antes de vos falar do palácio que aqui vim erguer, segundo vossa determinação expressa, tenho um pedido muito sério a fazer-vos.

Segundo as vossas leis, aquele que desobedecer ao rei, praticando conscientemente um abuso de confiança, deve ser condenado à morte. Houve, ó rei, um homem de vossa confiança que praticou o grave delito da desobediência. Espera que determineis, sem demora, a execução do culpado.

— Quem é o acusado? — indagou o monarca. — Como se chama? Não é curial que exijas de mim sentença de morte contra um réu que desconheço!

— O criminoso sou eu, ó rei — respondeu o vizir.

E, sem ocultar aos olhos do soberano a menor parcela da verdade, descreveu, em poucas palavras, o estado deplorável em que encontrara o povo daquela terra. Falou do abandono em que se achavam os enfermos, das criancinhas famintas que mendigavam e da miséria inenarrável que torturava as pobres mães. E confessou, afinal, que ele, penalizado diante de tanto sofrimento, em vez de construir o palácio real, resolvera despender todos os recursos da caravana real em socorrer e mitigar a triste sorte da população.

E, ajoelhando-se aos pés do monarca, exclamou o bom vizir:

— Não cumpri, ó rei, como acabei de confessar, a ordem que me destes. Desobedeci ao meu amo e senhor! E aguardo, humilde, o castigo de que me fiz merecedor. Que seja contra mim lavrada a sentença de morte!

— Levanta-te! Dá-me a tua mão, meu amigo — ordenou, emocionado, o rei. — Não poderá pesar jamais sobre tua consciência a culpa da menor desobediência. O palácio, de cuja construção, em boa hora, foste por mim encarregado, acha-se construído com incomparável arte e invejável talento. E posso, deste lugar, abrangê-lo em suas linhas suntuosas, em seu conjunto soberbo; em sua cúpula radiosa e eterna.

E, erguendo o rosto como se fitasse algum monumento fantástico, exclamou, cheio de entusiasmo e comoção:

— Que palácio maravilhoso! Como é lindo e deslumbrante! Vejo as torres cintilantes nas fisionomias alegres das crianças que foram por ti socorridas; admiro as largas varandas de marfim no sorriso radiante dos meus súditos; reconheço os pátios floridos no olhar de gratidão das mães felizes! Como é majestoso e belo, ó vizir, o palácio que a tua bondade fez erguer nas terras de Tiapur! Alá seja exaltado!

Reparai, meu amigo! A verdade não deve ser ofuscada!

Grande fora, sem dúvida, o ministro Idálio, ao praticar, com risco de sua vida, aquele ato de caridade; maior, porém, demonstrara o rei ter sido ao aprovar imediatamente, com intensa alegria, a generosidade de seu vizir.

O palácio maravilhoso do rei Hiamir tinha os seus alicerces inabaláveis na terra; mas estendia suas torres deslumbrantes até o céu.

(De *Céu de Alá*)

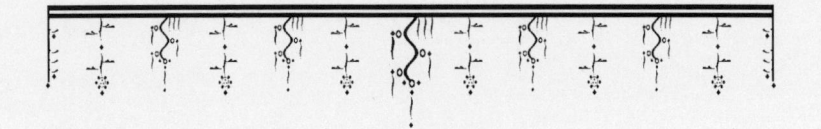

Os dois cântaros

(Lenda cristã)

Um moço religioso que vivia entre os monges do deserto, sentindo-se pouco inteligente e incapaz de guardar os ensinamentos recebidos, procurou o mais velho sábio e disse-lhe:

— Grave desgosto me acabrunha, meu pai. Apesar dos esforços constantes que faço, não chego a conservar na memória, durante muito tempo, as instruções que, para boa conduta na vida, recebo dos mestres. Vão, também, para o esquecimento os trechos mais belos que leio, diariamente, nos Santos Evangelhos!

O santo, que tinha em sua cela dois cântaros vazios, disse-lhe:

— Meu filho, toma um daqueles cântaros; deita-lhe um pouco d'água; lava-o depois, cuidadosamente; enxuga-o com o teu próprio hábito e deixa-o ficar no lugar em que está.

Maravilhado, embora, com tais palavras, fez o moço exatamente o que o velho monge lhe determinara.

Concluída a tarefa, o ancião perguntou-lhe qual dos cântaros estava mais limpo, mais claro e puro.

O solitário tomou nas mãos o cântaro que acabara de enxugar e respondeu:

— Este, por certo, está mais limpo. Lavei-o com muito cuidado.

Retorquiu, então, o sábio:

— E, no entanto, repara bem, meu filho, esse cântaro não mais retém vestígio algum da água que o purificou. Também aquele que ouve, confiantemente, a palavra de Deus, embora não grave na memória o teor dos santos ensinamentos, traz o coração tão puro como um cântaro lavado.

(De *Lendas do céu e da terra*)

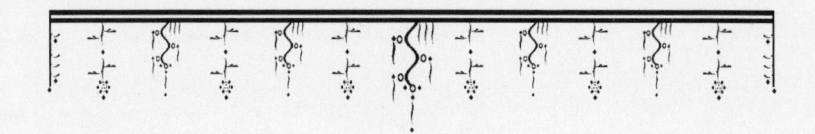

O turbante cinzento

Meu nome é Sind Mathusa. Poucos homens têm existido na Índia mais ricos do que meu pai e não sei de um só que o excedesse em inteligência, bondade e prudência.

Sentindo-se, certa vez, assaltado de grave enfermidade, e na certeza de que os dias que lhe restavam de vida podiam ser contados pelos dedos da mão, meu pai chamou-me para junto de seu leito e disse-me:

— Escuta, ó jovem desmiolado. Atenta bem no que te vou dizer. És, pela lei, o herdeiro único de todos os bens que possuo. Com o ouro que te vou deixar, poderias viver regaladamente como um rajá durante duzentos anos, se a tanto quisessem os deuses prolongar a tua louca e inútil existência. Como sei, porém, que és fraco para resistir aos vícios e forte em seguir os maus exemplos, tenho a triste certeza de que muito mal empregarás a riqueza que vai, em breve, cair-te nas mãos. Quero, assim, fazer-te agora um pedido; se for atendido, morrerei tranquilo e não levarei para a vida futura o tormento de uma angústia.

— Diz-me, pai — respondi sinceramente emocionado —, qual é o teu desejo. Que os deuses[1] me tornem mais repelente que um chacal se deixar de cumprir a tua vontade!

— Meu filho, quero arrancar de ti um juramento. Vês aquele turbante cinzento que ali está? Vais jurar, pela imaculada pureza dos ídolos e pelas asas de Vishnu[2], que, se algum dia te sentires desonrado, procurarás, imediatamente, a reabilitação que a morte concede aos infelizes, enforcando-te naquele turbante!

Fiz, sem hesitar, a vontade ao enfermo. Jurei pelos ídolos e pelos complicados deuses de meus antepassados que se me visse, no futuro, ferido pela mácula da desonra, procuraria a morte enforcando-me no turbante cinza.

Passados dois ou três dias, meu pai, fechando os olhos para a vida, integrou-se no Nirvana. Vi-me, de um momento para o outro, senhor de inúmeras propriedades, das quais auferia uma renda que chegava a causar inveja e insônia ao orgulhoso xá da nossa província. Passei a ostentar uma vida de luxo e dissipações; rodeavam-me, dia e noite, falsos amigos e bajuladores da pior casta, que me induziam a praticar toda sorte de leviandades e loucuras.

---

[1] Na religião hindu, aceitam os crentes, como verdade, a existência de muitos deuses.
[2] Uma das muitas formas que os hindus atribuem à divindade. Vishnu é representado por dez formas diferentes.

Uma noite, tendo reunido em minha casa, como habitualmente fazia, em grande festa, vários e divertidos companheiros da nossa laia, um deles, chamado Ishamai, que adquirira considerável riqueza vendendo camelos e elefantes, convidou-me para uma partida de jogo de dados. A princípio, a sorte me foi favorável; cheguei a ganhar num golpe o meu peso em marfim. Cedo, porém, perseguido por uma triste fatalidade, entrei a perder e os meus prejuízos excederam de mais de cem vezes o lucro inicial. Com a esperança de recuperar o dinheiro perdido, redobrei as paradas. Perdi novamente. Na progressiva loucura do jogo, já alucinado, arrisquei nos azares da sorte as minhas joias, escravos e propriedades. Mais uma vez perdi, e, ao nascer do sol sobre o Ganges, nada mais me restava da herança de meu pai. Na certeza de que poderia contar com a generosidade e auxílio daqueles que me rodeavam, fiz, com a garantia da minha palavra, uma grande dívida de honra, ao perder a última partida. Procurei um jovem brâmane, filho de opulenta família, e que sempre vivera a meu lado no tempo da fartura, e pedi-lhe que me emprestasse algum dinheiro.

— Meu caro Sind — disse-me o brâmane, conduzindo-me para o interior de sua rica vivenda —, chegas em péssima ocasião. Fui obrigado a enviar, ontem, para resgatar uma dívida de meu pai, cerca de duas mil rupias para Benares. Encontro-me inteiramente desprevenido. Lamento, portanto, não poder servir a um amigo tão querido.

Olhei para as pratarias que se amontoavam por todos os recantos de sua casa. Havia narguilés riquíssimos e bandejas com inscrições que deviam valer alguns milhares.

— Nada disso é nosso — acudiu logo o brâmane, apontando para os adornos e enfeites. — É desejo de meu pai casar minhas irmãs com homens de boa casta, e, para atrair os pretendentes, alugou toda essa prata e esses tapetes bordados a ouro. Todos acreditam, desse modo, que somos ricos e que vivemos na fartura e na opulência.

Irritado com o cinismo daquele falso amigo, disse-lhe com calculada frieza:

— Bem sabes que sou descendente de nobres e que meus avós pertenciam à mais alta linhagem da Índia. Declaro, pois, que, para fugir da situação em que me encontro, estou disposto a casar com uma jovem fina e educada. Peço, pois, a tua irmã mais moça em casamento.

Sorriu o brâmane:

— Pedes em casamento uma jovem que não conheces e que talvez não te aceite para esposo. Em nossa família, os casamentos não são ditados pelos interesses pessoais; a mulher deve ser ouvida e suas inclinações pessoais levadas em linha de conta. Se desejas pagar dívidas de jogo com o dote de minha irmã mais moça, sinto dizer-te que estás equivocado. Jamais aceitaria, como cunhado, um homem que se arruinou em consequência de uma vida desregrada e pecaminosa!

E, conduzindo-me até a porta de seu palácio, empurrou-me delicadamente para a rua.

Apesar desse péssimo acolhimento, não desanimei. Fui ter à casa em que morava um mercador chamado Meting, que era assíduo frequentador de minha casa. De mim havia Meting recebido inúmeros obséquios e finezas, e muito dinheiro para ele eu perdera no jogo.

— Que desejas de mim? — perguntou-me.

Disse-lhe que precisava de pequeno auxílio.

— Julgas que eu sou algum imbecil da tua espécie? — respondeu-me com insolência. — De mim não terás nem um *talung*[3] de cobre.

Desesperado, vendo-me repudiado por todos, e sem recursos para pagar o imenso débito que contraíra, abandonei o palácio e fui ter a um grande bosque nas vizinhanças da cidade. Era meu intento cumprir o juramento que formulara junto ao leito de meu pai.

Escolhi, portanto, entre muitas, uma belíssima árvore. Subi pelo nodoso tronco, sentei-me em um dos galhos mais altos, desenrolei o longo e belo turbante cinza, amarrei uma das suas extremidades em outro galho que estava a meu alcance e fiz, na outra extremidade, um laço seguro em torno do pescoço. Todos esses preparativos trágicos, executei-os com a maior calma, sentindo, embora, o coração opresso pela mais intensa tristeza.

Já ia deixar cair o corpo no espaço, quando, ao reforçar o laço fatal que me estrangularia, notei que havia na ponta do

---

[3]Moeda de valor ínfimo.

turbante, por dentro, qualquer coisa de muito resistente. Que seria? Na esperança louca de encontrar ali qualquer coisa que me pudesse salvar, rasguei o turbante. Embora pareça incrível, senhor, devo contar: dentro dele retirei uma carta de meu pai, redigida nos seguintes termos:

Estás desligado do teu juramento. Vai à casa de Kashiã, o tecelão, e pede-lhe a caixa de areia. Quem se salva, por um milagre, da desonra e da morte, deve evitar o erro e procurar o caminho reto da vida.

Ébrio de alegria, saltei da árvore e, quase a correr, fui ter à choupana onde morava o pobre Kashiã, apelidado "o tecelão"; recebi das mãos desse pobre homem a dádiva que meu pai ali deixara para me ser entregue.

Ao abrir a misteriosa caixa, quase desmaiei, tão grande foi o meu assombro. Estava repleta de brilhantes, pérolas e rubis — alguns dos quais valiam mais que as coroas dos príncipes hindus.

Possuidor de tão grande riqueza, não soube dominar a emoção de que fui presa e chorei. Lembrei-me de meu bom pai, sempre generoso e prudente, que, ao prever a minha desgraça, usara daquele artifício para salvar-me. Era evidente que eu só poderia obter a caixa com o auxílio da carta, e a existência desta só chegaria ao meu conhecimento se o turbante fosse por mim próprio desmanchado.

Como louco que se salva de um abismo ao fundo do qual se atirara, assim me vi naquele momento. Depois de lançar aos pés do velho Kashiã um punhado de preciosas gemas, tomei da caixa e encaminhei-me para a cidade. Era minha intenção pagar todas as minhas dívidas e readquirir as minhas antigas propriedades. Quis, porém, a fatalidade que tal não acontecesse.

Ao atravessar um pequeno e sombrio bosque, nas margens do Tellir, encontrei, sentada sob uma grande árvore, uma jovem de deslumbrante formosura. Os seus olhos azuis tinham um pouco do céu da Índia com os reflexos mais verdes do mar de Omã. As faces eram como as da terceira deusa do templo de Yhamã. Os lábios da linda criatura tinham um encanto a que talvez não pudesse resistir o faquir mais puro e mais santo da terra. Com essas comparações, não exagero a beleza da desconhecida, ao contrário, fico muito aquém da verdade.

A jovem chorava. Os seus soluços vibravam em ondas de indizível angústia.

— Que tens, ó jovem? — perguntei-lhe, carinhoso, aproximando-me dela. — Qual é o motivo do teu pranto? Se para o teu mal há remédio, dentro dos recursos humanos, certo estou de que saberei livrar-te de qualquer desgosto!

Isso proferia com ênfase, sobraçando a preciosa caixa onde reluziam as pedras que me dariam ouro, fama e poderio.

Sem interromper o seu copioso pranto, a jovem, com surpresa para mim, segurou com os lábios o belo manto de seda que lhe caía sobre os ombros e, puxando-o para o lado, deixou a descoberto o colo e os braços, mais alvos, ambos, do que as penas das garças sagradas de Ramadã. Recuei horrorizado.

Gelou-me nos lábios um grito de surpresa e terror. A infeliz tinha as duas mãos cortadas junto aos pulsos!

— Ó desditosa criatura! — exclamei, a alma oprimida pela maior angústia. — Qual foi o bárbaro autor de tamanha crueldade? Conta-me a causa da tua desgraça, e fica certa de que poderás armar o meu braço com o ódio que a vingança te souber inspirar!

A desventurada jovem, com voz umedecida de lágrimas, narrou-me o seguinte:*

(De *Mil histórias sem fim*)

---

*Nota — A continuação da estranha aventura de *Sind* Mathusa constitui um novo capítulo das *Mil histórias sem fim...*

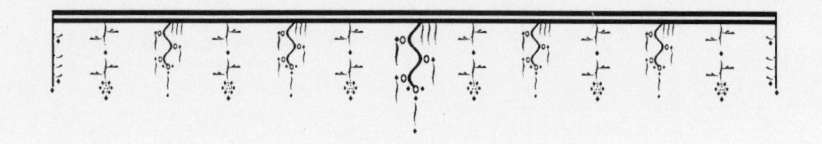

As sentenças de Habalin

Na última viagem que fiz ao Egito, encontrei, casualmente, em velho bazar do Cairo, exemplar raríssimo de um livro muito curioso, intitulado *La Tanish*.

Julgo prudente avisá-lo, meu amigo, de que a tradução do título *La Tanish* pode ser feita por meio de uma frase bem sugestiva: "Não se esqueça de mim" — e isso só estará certo admitindo-se que tal conselho seja dirigido a pessoa do sexo feminino. A mesma recomendação feita a distinto cavalheiro seria expressa, em árabe, por outro vocábulo — *La tansah*.

Pois bem. Nas páginas de *La Tanish* foram incluídas as quarenta sentenças mais sugestivas e originais proferidas pelo célebre Kalil Habalin, um dos juízes mais famosos do Islã.

Vou recordar, agora, a 15ª sentença do insigne Habalin. As 39 restantes ficarão (se Alá quiser) para amanhã.

Um dia, ao cair da tarde, três bons amigos, um alfaiate, um caçador e um músico, divertiam-se numa das ruas do Cairo, jogando pelota. Em dado momento, a pelota, escapando casualmente da mão de um dos jogadores, foi alcançar um camponês, chamado Chafik, que passava descuidado, machucando-o seriamente no olho direito.

O camponês, ferido, pôs-se a esbravejar como um demente. Queria uma indenização: exigia que os culpados fossem severamente punidos. Vários populares intervieram no caso e procuraram acalmar o exaltado. Nada, porém, demovia o irritado Chafik do seu rancoroso intento de conseguir uma punição para os três estouvados peloteiros.

O rumoroso caso foi levado, no mesmo dia, ao conhecimento do juiz Habalin.

O velho magistrado, depois de ouvir a queixa formulada pelo ferido e tendo-se certificado da inteira casualidade do acidente, voltou-se, solene, para os acusados e interrogou-os.

— Desejo saber qual dos três, no momento em que ocorreu o acidente, se achava em situação mais fraca na partida.

O músico, que parecia o mais velho, respondeu:

— A vitória do jogo pendia para o meu lado. Em segundo lugar estava o caçador; menor número de pontos contava o alfaiate.

Volveu, então, pausadamente, o juiz:

— Um de vocês (é difícil apurar com segurança o verdadeiro culpado) feriu, com uma pelota, o olho direito do infeliz Chafik. Determina o Alcorão, nosso código de justiça, que
um dos três culpados sofra um golpe idêntico ao que sofreu o
queixoso. Resolvo, pois, que o alfaiate, que pelo modo de
pelotar aparece como menos hábil no jogo e que, provavel-
mente, foi o autor do golpe desastrado, leve uma violenta
pelotada precisamente no olho esquerdo.[1]

A sentença inesperada do grande Kalil Habalin fez empa-
lidecer o pobre alfaiate. Suas pernas tremiam e sua testa co-
briu-se de suor.

— Judicioso cádi! — disse ele, inclinando-se já meio su-
cumbido diante do juiz. — A vossa sábia e notável sentença,
inspirada pelo nobre desejo de punir o verdadeiro culpado,
cai impiedosa sobre mim. Confesso, realmente, que não sou
dos mais hábeis no jogo da pelota! Mas, dada a confusão do
momento em que ocorreu o acidente, é difícil apurar de
quem partiu o desastrado golpe que feriu o camponês distraído. Acresce ainda, no caso, uma circunstância que milita
a meu favor. Se eu levar uma pelotada no olho, direito ou
esquerdo, não importa, ficarei impossibilitado, durante
muito tempo, de exercer a minha árdua e delicada profissão.
Como poderei, com o olho vendado, cortar, provar e acertar
as roupas que preparo para os meus exigentes fregueses? O

---

[1]A Lei de Talião, extremamente perigosa por causa das iniquidades que dela poderiam decorrer, era prescrita no Alcorão e, tendo tido sua origem na legislação mosaica, veio, mais
tarde, figurar nos códigos grego e romano.

nosso amigo caçador, sim, é que pode sofrer, sem prejuízo, a pelotada judicial, pois, como é sabido, o caçador, ao atirar na presa, fecha um olho. Que importa ao caçador a perda de um olho quando este olho é completamente inútil ao exercício de sua profissão?

Volvidos alguns segundos, respondeu o prestigioso Habalin, o juiz:

— A observação feita por esse honrado alfaiate tem, a meu ver, muito fundamento. Reformo, pois, a sentença proferida, e determino que a pelotada — exigida pelo queixoso — seja aplicada no olho direito do caçador!

Focalizado pela perigosa sentença do cádi, o caçador achou que devia, no caso, defender-se de qualquer forma. E, depois de saudar respeitosamente o digno magistrado, assim argumentou, numa voz trêmula e débil, retorcendo os dedos:

— Não nego, senhor, que ao visar a caça fecho, muita vez, um olho, no momento de desferir o tiro certeiro. Mas se a escolha, por esse motivo, pudesse recair sobre mim, por mais forte e mais justa razão deveria recair sobre o nosso amigo, o músico! Sim, todo mundo sabe que o músico — que é, aliás, um exímio flautista —, quando tira as melodias admiráveis de seu instrumento, fecha os dois olhos! Ora, que importa uma pelotada no olho, direito ou esquerdo, para um artista que fecha os dois olhos no exercício de sua profissão?

Depois de um momento de reflexivo silêncio, o juiz Habalin volveu tranquilo, arrastando austeramente as palavras:

— Vejo-me forçado a reconhecer que as razões que o caçador acaba de alegar não podem ser desprezadas. São muito sérias e ponderáveis. Reformo, pois, a minha segunda sentença e determino que seja aplicada ao músico, que é o terceiro dos acusados, uma pelotada no olho direito ou esquerdo, como o próprio réu achar preferível!

Será inútil dizer que o músico, que não podia esconder a inquietação que lhe abafava o espírito, não se conformou com a terceira sentença do sábio Habalin. É difícil que um homem fique impassível diante da ameaça de levar no olho uma pelotada capaz de cegar até um elefante!

E, resolvido a fugir das malhas da justiça, como já haviam feito seus dois companheiros, pediu permissão ao juiz para expor sua maneira de pensar sobre o melindroso caso.

— Acredito, sr. juiz, que o camponês Chafik nada lucrará se eu levar uma pelotada no olho direito ou se a pelotada me atingir no olho esquerdo. Sugiro, pois, que ofereçamos à vítima uma indenização. E essa indenização deve ser de tal forma que nela possam contribuir, em partes iguais, os três acusados, isto é, eu, o caçador e o alfaiate!

— E que indenização propõe? — indagou, curioso, o juiz.

— A indenização que julgo mais interessante — acudiu, pressuroso, o músico — é a seguinte: o caçador apanhará na mata mais próxima uma linda raposa prateada; com a pele dessa raposa o alfaiate fará um belíssimo colete. Esse colete de raposa prateada será oferecido ao camponês!

Com a interessante sugestão do músico concordou logo, com viva satisfação, o queixoso. Para ele, com efeito, era mais interessante vestir um colete de raposa do que ver um pobre e alegre flautista levar uma pelotada no olho. Diante disso o preclaro juiz achou que seria de bom aviso reformar, mais uma vez, a sua sentença. E o fez sem a menor hesitação.

— Determino que o segundo acusado, o caçador, seja obrigado a apanhar uma raposa de pelo prateado; com a pele dessa raposa o primeiro acusado, o alfaiate, fará um lindo e perfeito colete que será oferecido como indenização ao camponês que levou, sem querer, a pelotada!

Um advogado que acompanhara, desde o princípio, todas as peripécias do singular julgamento, não se conformou com a sentença final. E, depois de dirigir ao juiz um respeitoso salam, ponderou delicadamente:

— Quer-me parecer, sr. juiz, que a sua última sentença veio beneficiar um dos acusados, em detrimento dos outros dois. Com efeito, para a indenização oferecida ao camponês, os três culpados deveriam contribuir com parcelas ou partes iguais: cabe ao caçador a tarefa de obter a raposa de pelo prateado; cumprirá ao alfaiate o dever de arranjar um colete com a pele de raposa. E ao flautista? Qual foi sua contribuição no caso? Como descobrir a terça parte do músico?

Sorriu o íntegro cádi ao ouvir aquela observação. E, a fim de evitar que a menor sombra de dúvida pudesse acinzentar a confiança que seu prestigioso nome inspirava, assim falou:

— Na indenização, oferecida e aceita pelo camponês Chafik, todos os três acusados contribuíram igualmente. O habilidoso alfaiate fará o colete; o caçador, com sua astúcia, terá de aprisionar uma bela raposa de pelo de cor prateada; e o músico, com seu talento e inspiração, contribuiu com a ideia! Há ideias, meu amigo, que valem mais do que todas as raposas prateadas do mundo!

(De *Maktub!*)

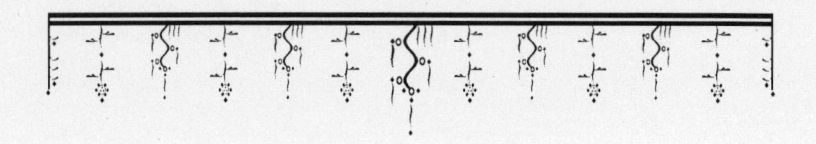

O amor e o velho barqueiro

— ... sim, meu amigo, não nego. O Tempo arrancou-me do coração o Amor que me afligia, mas deixou, em seu lugar, a Saudade! Que farei eu, agora, desta Saudade que parece ser mais forte e mais torturante do que o Amor?

(Tradução de Fauzi Maluf)

Chegando, afinal, à margem do grande rio, o Amor avistou três barqueiros que se achavam, indolentes, recostados às pedras.

Dirigiu-se ao primeiro:

— Queres, meu bom amigo, levar-me para a outra margem do rio?

Respondeu o interpelado, com voz triste, cheio de angústia:

— Não posso, menino! É impossível para mim!

O Amor recorreu, então, ao segundo barqueiro, que se divertia em atirar pedrinhas ao seio tumultuoso da correnteza.

— Não. Não posso — respondeu secamente.

O terceiro e último barqueiro, que parecia o mais velho, não esperou que o Amor viesse pedir-lhe auxílio. Levantou--se, tranquilo, e, estendendo-lhe bondosamente a larga mão forte, disse-lhe:

— Vem comigo, menino! Levo-te sem demora para o outro lado.

Em meio da travessia, notando o Amor a segurança com que o velho barqueiro navegava, perguntou-lhe:

— Quem és tu? Quem são aqueles dois que se recusaram a atender ao meu pedido?

— Menino — respondeu, paciente, o bom remador —, o primeiro é o Sofrimento; o segundo é o Desprezo. Bem sabes que o Sofrimento e o Desprezo não fazem passar o Amor.

— E tu, quem és, afinal?...

— Eu sou o Tempo, meu filho — atalhou o velho barqueiro. — Aprende para sempre a generosa verdade. Só o Tempo é que faz passar o Amor!

E continuou a remar, numa cadência certa, como se o movimento de seus braços possantes fosse regulado por um pêndulo invisível e eterno.

Sofrimento, Desprezo... Que importa tudo isso ao coração apaixonado? O Tempo, e só o Tempo, é que faz passar o Amor.

(De *Minha vida querida*)

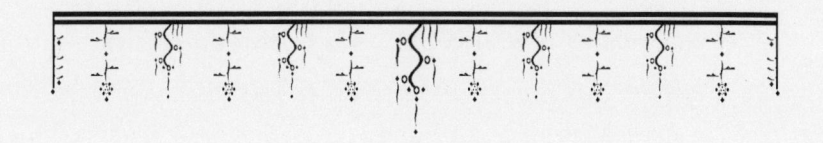

O dervixe e o vizir

Passados alguns minutos, foi o sinistro faquir reconduzido à sala em que se achava o soberano árabe, rodeado de seus vizires e oficiais.

Assombrados ficaram todos quando viram o dervixe, com o vagar de monge, aproximar-se muito solene e beijar a terra entre as mãos.

Disse-lhe o rei com calculadas pausas:

— Levanta-te, meu amigo! Admiro-te! O poder de tua ciência tem as sete asas do Ministério! Por Alá ! Levanta-te!

Ergueu-se vagaroso o dervixe. Em seu rosto estampava-se uma palidez estranha.

Nesse momento ocorreu no rico salão uma cena imprevista, que deixou o monarca e os nobres que o rodeavam mergulhados num simum de espanto.

O ilustre Zein Tela Fari, um dos vizires do rei, que se mantivera em silêncio, ouvindo atento todas as palavras, dirigiu-se para o meio da sala, fez uma reverência cerimoniosa e disse em voz trêmula:

— Peço-vos, ó rei do Islã, que não interrogueis este homem — e apontava, raivoso, para o dervixe. — Será desonra para o nosso país e para a nossa gente! Este homem é um mistificador ignóbil, um mentiroso que explora a boa-fé dos simples e a ignorância dos imbecis!

O dervixe ouvia impassível aquela acusação tremenda. O xeque Zein Tela Fari era uma das figuras de maior prestígio na corte.

— Tuas palavras, meu caro vizir — retorquiu o rei com serenidade —, envolvem uma acusação tão grave, que há de ser apurada com a máxima cautela.

Tornou o vizir Tela Fari com firmeza:

— Posso provar, imediatamente, ó príncipe dos árabes, que não me afastei da verdade ao considerar este sacripanta um mistificador de baixa espécie. A minha prova há de ser garantida pelo selo da absoluta evidência. Vou narrar um doloroso episódio de que participamos eu e esse dervixe imundo.

E o vizir, erguendo a sua longa face requeimada, contou o seguinte:

— Foi há quase dois anos passados. Quando meu filho Tufik completou seu primeiro aniversário, ofereci a um grupo numeroso de amigos uma festa noturna em meu palácio. Por sugestão de um escriba damasceno chamado An-Haf, mandei que trouxessem este dervixe. Queríamos ouvi-lo sobre o futuro de meu filhinho. Fazendo-o acompanhar de meus convidados, levei-o aos meus aposentos.

O pequeno Tufik repousava em seu berço. Ordenei que se acendessem todas as lâmpadas. O ignóbil mistificador resolveu zombar cruelmente de mim. Encaminhou-se para o meio do aposento, voltou-se para o bercinho em que dormia meu filho e, depois de fazer, com as mãos, uma infinidade de trejeitos, proclamou solene:

— Deste berço há de sair um rei!

E apontava, como se fosse uma estátua, para o berço do pequenino.

Aquele augúrio encheu-me de entusiasmo. O futuro de meu filho seria glorioso. Reservava-lhe o destino um trono entre os tronos do mundo! Ouvi, de todos os que assistiram àquela cena, palavras de regozijo e efusivas congratulações. Tomei de uma bolsa com duzentos dinares e mandei oferecê-la ao dervixe.

Passaram-se semanas; amontoaram-se os meses; novos Ramadãs se festejaram. Do meu pensamento não saíam as palavras proféticas do dervixe Talibrã: "Deste berço há de sair um rei!"

E, no entanto, o estado de saúde do meu filho Tufik não era satisfatório. O pequeno vivia sempre doente. Febres terríveis abatiam-lhe o organismo. Antes de completar o terceiro aniversário, faleceu! Era, pois, falsa, mentirosa, a profecia desse intrujão! Afirmou, com a segurança de sua ciência, que meu filho seria rei! E o infeliz menino saiu do berço para a sepultura.

E, o vizir Tela Fari, tomado de indizível rancor, numa irritação crescente, clamou desabrido:

— Infame mentiroso! Mistificador!

E, no excesso da indignação, chegou a espumar pelos cantos da boca.

Aquela tremenda acusação, o velho *neby*[1] ouviu-a impassível, os braços cruzados, a cabeça baixa. Quando o vizir deu por findo o relato, Talibrã resolveu intervir. Ergueu o rosto, voltou-se para o rei e, numa voz roufenha e impiedosa, assim falou:

— Posso afirmar, ó vigário de Alá, que este preclaro vizir, com o coração ainda abalado pela morte de um filho querido, adultera as minhas palavras, aponta o erro e acusa engano onde só existia certeza e verdade. A minha previsão naquela noite festiva foi: "Deste berço há de sair um rei!" Não me referia, é claro, ao pequenino. Seria doloroso pungir, com palavras desalentadoras, um pai extremoso que sonha glórias imensas para um filho enfermiço. Aludi, pois, unicamente, ao berço, dizendo: "Deste berço há de sair um rei!"

E, após esses dizeres, encarando com serenidade o vizir, interpelou-o com surpreendente gravidade:

— E o berço, ó judicioso ulemá? Que fizeste do berço de teu filho?

Ao ouvir aquela pergunta, expediu o vizir uma casquinada de riso desdenhoso e amargo.

---

[1] Profeta mago.

— Tranquiliza-te, imbecil, *Bem Debb*![2] — replicou o vizir, levando a mão ao peito como se quisesse conter o coração convulso. — Não me desfiz, ao acaso, do berço de meu filho. Não o vendi a outra família. Temi que, por ironia do destino, fosse alguém confirmar o teu vaticínio mentiroso! Queria desmascarar-te, intrujão! Desmanchei o berço, queimei algumas peças, e a parte restante, toda de ébano, conservei-a comigo durante muito tempo! Há duas ou três semanas ofereci-a ao imã[3] da mesquita!

— Pois o imã dirá se menti ou não! — atalhou o dervixe com um sorriso de piedosa lástima.

Determinou o rei que fossem imediatamente buscar o zelador do templo.

Quando o velho imã chegou, o próprio califa foi o primeiro a interrogá-lo:

— É verdade, meu amigo, que recebeste do vizir Tela Fari algumas peças de ébano?

— Sim, ó rei! — confirmou o interpelado. — Era o que restava de um berço antigo que pertencera ao vizir!

— E que fizeste com esses pedaços de madeira? — insistiu, conciliador, o rei.

Respondeu o imã, erguendo para o califa a face requeimada:

— Dedico as minhas horas feriadas a pequenos trabalhos de carpintaria. Faço cofres, caixas, argolas, pulseiras, cachimbos e dezenas de adornos caseiros que os muçulmanos tanto

---

[2]Expressão insultuosa: "Filho de um asno."
[3]Religioso encarregado de ler a prece na mesquita.

apreciam. Com a fina madeira que recebi do nosso ilustre vizir, fiz uma coleção completa de peças para jogo de xadrez!

— E entre essas peças não há uma chamada rei? — acudiu, com voz lenta, o dervixe.

— Sim — respondeu o imã. — Há um rei!...

E o mago, com impiedoso sarcasmo, mais uma vez interpelou gravemente o imã.

— Não tiveste, por acaso, a oportunidade de fabricar um rei?

— Sim — confirmou o religioso. — Com um dos pedaços de ébano fiz um rei de linhas admiráveis!

Concluiu vitorioso o dervixe:

— Reparai, ó emir. O futuro veio confirmar a minha previsão. Do leito precioso em que repousava o filho do vizir "saiu um rei"!

(De *Aventuras do rei Baribê*)

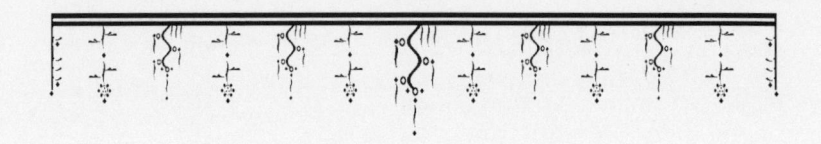

O homem que tudo achava

Duas horas depois, Pedrinho e seu companheiro de jornada reuniram a reduzida bagagem que traziam e reiniciaram a viagem para o Iguatu.

A estrada que percorriam era larga e bem-feita. Juazeiros com os ramos verdes estendiam pelo chão as manchas largas de sua sombra. Não cruzaram, em caminho, com outros viajantes. Naturalmente, a ameaça do vulcão fizera fugir todas as pessoas daquela região.

Pedrinho notou que o seu companheiro, de vez em quando, interrompendo a palestra, parava um momento e abaixava-se para apanhar no chão um objeto qualquer.

A princípio o menino não deu importância ao caso, mas sua repetição constante começou a chamar-lhe a atenção.

Reparou, então, que o curioso viajante era de uma sorte incrível para achar objetos ocultos; pôde observar que, em menos de uma hora, achara duas chaves, três anéis, uma corrente de ouro, cinco ou seis moedas, uma faca e outros objetos de menor importância.

"É incrível!", pensava Pedrinho. "Como pode esse homem achar tanta coisa, enquanto eu, por mais que arregale os olhos, não consigo achar uma simples ferradura?" Devia ser, naturalmente, algum dom extraordinário que o cavalheiro de barba loura possuía, e que lhe facultava a posse de todos os objetos perdidos no mundo.

Ao vê-lo, finalmente, arrancar do meio da areia da estrada uma espécie de rosário de contas avermelhadas, não se conteve e observou, com um sorriso de admiração:

— Nunca vi sorte como a sua para achar coisas perdidas!

— Não é questão de sorte, meu jovem amigo — respondeu-lhe o homem da barba loura —, trata-se, apenas, de uma habilidade que possuo, e que consegui adquirir com o auxílio de pedacinhos de um botão durante o tempo em que estive preso!

— Pois, olhe, eu já me admiro muito que uma habilidade ajude tanto o senhor, mas não percebo o que possam ter os pedacinhos de botão com isso.

— Pois é a pura verdade — replicou ele calmamente. — É a pura verdade.

E, querendo satisfazer a viva curiosidade de Pedrinho, narrou-lhe o seguinte:

— Meu nome é Miguel e sou natural da Rússia. Nasci em Moscou, a famosa capital. Quando tinha vinte anos, mais ou menos, influenciado por alguns companheiros de estudos, tomei parte numa conspiração contra o governo do czar. Inútil será dizer que os nossos planos foram descobertos e todos os conspiradores, presos. Graças à intervenção de um amigo da família, livrei-me de ser enviado para a Sibéria. Condenaram-me, ainda assim, a quinze anos de prisão em Moscou. Nos primeiros meses de cárcere, fui torturado por um tédio horrível. Não tinha que fazer durante o dia inteiro. Passava-os, a fio, sentado estupidamente em uma laje da cela, procurando descobrir um meio qualquer de me distrair, alguma coisa com que me ocupar. Um dia, arranquei um dos botões da minha roupa. Quebrei-o em vários pedaços, ajuntei-os na palma da mão e pus-me a refletir sobre o que faria com eles, quando, distraindo-me, deixei-os cair no chão. Este incidente, que noutras circunstâncias seria trivial, sugeriu-me um passatempo excelente — procurar os pedacinhos de botão. E assim, depois de reuni-los na mão, fechava os olhos e atirava-os a esmo para o ar. Isso feito, punha-me a procurá-los e não descansava enquanto não os tinha apanhado um por um. Repeti essa proeza, uma ou mais vezes por dia, durante os quinze anos em que estive preso. A distrair-me assim, desenvolveu-se em mim um golpe de vista extraordinário que me proporciona hoje a habilidade de descobrir os menores objetos ocultos. Sou capaz de achar um grão de trigo perdido no meio de um areal. O interesse que demonstrei pelo lago, junto ao qual estivemos parados, foi motivado pelo fato de eu ter percebido que havia um objeto

qualquer, talvez de grande valor, abandonado no fundo. Voltarei mais tarde para buscá-lo.

E, sorrindo à estupefação de Pedrinho, o antigo prisioneiro russo acrescentou:

— Há três anos que consegui fugir do meu país. Hoje vivo exclusivamente da habilidade que adquiri na prisão. Vim ao Brasil à procura de diamantes. Já estive em Mato Grosso e Goiás. Pretendo montar, numa grande cidade, uma grande agência de achados e perdidos, que prestará inestimáveis serviços à população.

E, depois de uma pequena pausa, disse resoluto:

— Pude notar que você é um menino valente e discreto. Quer ser meu auxiliar?

E, sem esperar que Pedrinho respondesse, afastou-se e, abaixando-se, a alguns passos mais, apanhou no chão uma bolsa escura de couro que se ocultava sob as folhas secas, ao lado da estrada.

Meditou Pedrinho sobre a curiosa história de Miguel, o russo, e concluiu que um homem ativo e inteligente, mesmo no fundo escuro de uma prisão, pode adquirir, com auxílio de uma insignificância qualquer, uma habilidade extraordinária, capaz de proporcionar-lhe, mais tarde, uma útil e rendosa profissão.

Miguel era o "homem que tudo achava", ou melhor, "o homem que tudo via".

(De *Amigos maravilhosos*)

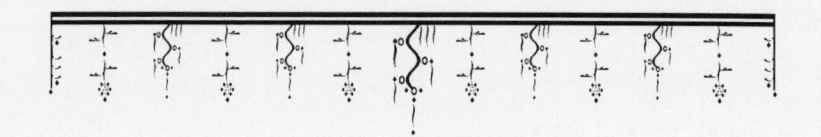

Os sósias do rei

Soyuti, cérebre historiador árabe de origem persa que viveu na segunda metade do século XV, escreveu: "O califa Al--Motassim, de Badgá, merece ser apontado entre os soberanos mais gloriosos do mundo!"

Para aqueles que vivem alheios aos episódios da vida árabe, a opinião do erudito Soyuti sobre o emir Al-Motassim parece repintada com as cores berrantes do exagero.

Não vale a pena discutir, meu amigo, sobre a validade e a justeza desta ou daquela opinião. Em nossas tendas jamais acendemos o narguilé venenoso das controvérsias inúteis. Vou apenas recordar um singular episódio ocorrido com o famoso califa que o sábio historiador pretendeu incluir entre os "mais gloriosos do mundo".

Conta-se (Alá, porém, é mais sábio!) que Al-Motassim, califa de Bagdá, chamou um dia o seu prefeito e disse-lhe:

— É verdade, ó prefeito, que vivem nesta cidade, e já foram vistos pelos meus amigos, homens extremamente parecidos comigo?

Respondeu o prefeito:

— É verdade, sim, ó emir dos crentes! Conheço dois muçulmanos que são como retratos vivos de Vossa Majestade. Um deles exerce a profissão de pasteleiro e outro é fabricante de tapetes. É possível, porém, que existam outros sósias de Vossa Majestade sob o céu desta gloriosa Bagdá.

— Pois faço grande empenho em conhecer os meus sósias — declarou o rei. — Convida-os a uma reunião no palácio, pois a todos darei, sem exceção, ricos presentes.

Aquela ordem do monarca foi atendida com a maior solicitude e presteza. O prefeito fez anunciar, pelos pátios das mesquitas, bazares e pelos recantos longínquos da grande cidade, que todos os homens que se julgassem parecidos com o califa deveriam comparecer, em dia e hora certos, ao divã das audiências. O poderoso emir prometia generosas recompensas.

O caso despertou grande curiosidade. Quantos sósias teria, afinal, o rei?

No dia marcado, no suntuoso salão das audiências, o poderoso monarca, rodeado de seus vizires, cádis e altos funcionários da corte, recebeu os pretendentes, que eram, aliás, em número de sete!

Havia, entretanto, uma particularidade que fez sorrir o rei e causou certa impressão de constrangimento aos cortesãos. Dos sete candidatos aos prêmios, seis eram parecidíssimos com o monarca: o sétimo, porém, era inteiramente diferente.

Os sósias foram, um a um, recebidos em audiência e chamados para junto do trono. A cada um dirigia o rei palavras de estímulo, bondade e simpatia. E todos partiam radiantes de alegria com vinte dinares de ouro e um belo turbante de seda.

Chegou, finalmente, a vez do último — o tal cuja figura em nada se assemelhava à do rei.

Os vizires e xeques entreolhavam-se espantados.

O pretenso "sósia", num andar tranquilo e firme, aproximou-se da larga escadaria de mármore cor-de-rosa que conduzia ao trono.

— Meu amigo — disse-lhe o bondoso soberano árabe —, sei que há enganos sérios na vida e que não raramente o homem é levado a errar, sem querer, nas coisas mais simples e pueris. O teu comparecimento a este concurso só pode ser explicado por um lamentável equívoco de tua parte. Não quero admitir a hipótese de teres sido inspirado pelo desejo audacioso de zombar de mim. Ora, o meu convite era dirigido exclusivamente àqueles que se julgassem parecidos comigo, e pelo que me é dado observar somos inteiramente dessemelhantes. Repara bem, meu amigo. Sou corpulento, alto e forte; és, ao contrário, franzino, baixo e fraco; tenho os olhos negros e a pele morena; os teus olhos são azulados e a tua pele é clara; o meu rosto é emoldurado por uma pujante barba preta e tu és inteiramente imberbe! A única semelhança, ó muçulmano, que se pode observar entre nós, é sermos ambos homens, isto é, servos de Alá! E, assim, não terás direito ao mesmo prêmio que foi dado aos outros seis. Receberás um prêmio bem menor. Um dinar de prata... e nada mais.

O homem de olhos azuis, depois de ouvir com a maior serenidade a sentença do califa, inclinou-se respeitosamente e assim falou:

— Agradeço o vosso dinar, ó comendador dos crentes, mas não posso aceitá-lo. Não tenho direito a recompensa alguma. Fui iludido pelas aparências. Quando aqui compareci julguei, realmente, que éramos muito parecidos...

— Parecidos! — estranhou o rei com certo movimento de impaciência. — Por Alá! Estavas, então, certo de tua parecença comigo?

— Sim, ó emir dos crentes! — confirmou, com absoluta firmeza, o desconhecido. — Certíssimo! Julgava que havia entre nós grande parecença. Essa parecença, porém, não era física — pois a semelhança física que acaso exista entre duas criaturas o tempo facilmente destrói e aniquila. Certo estava de que éramos unidos por uma profunda semelhança de sentimento e de espírito, isto é, julguei que as nossas almas fossem como duas almas gêmeas. Sou inteligente e estava convencido de que éreis inteligente também. Sou sincero, generoso e simples, e julguei que éreis, do mesmo modo, sincero, generoso e simples.

— Basta — interrompeu placidamente o rei. — Se assim pensavas, não houve, asseguro, erro algum de tua parte. Somos, realmente, muito parecidos. É grande a afinidade espiritual que nos aproxima. E posso demonstrar-te facilmente. Sou inteligente, pois compreendi muito bem a profunda lição moral que acabas de me dar; sou generoso, pois receberás de mim uma recompensa vinte vezes maior do que a que esperavas; sou simples e sincero, pois não hesito em reconhecer o meu erro diante de meus amigos e auxiliares.

Era assim, com destemor e sinceridade, que pensava e agia o magnânimo califa Al-Motassim, príncipe dos crentes.

Não nos parece, portanto, envolver o menor traço de exagero o elogio formulado pelo historiador Soyuti (que era árabe, mas de origem persa).

Al-Motassim foi glorioso entre os mais gloriosos!

Uassalã!

(De *Maktub!*)

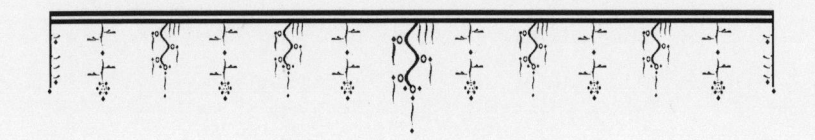

O casamento interrompido

As estranhas e inacreditáveis aventuras com que o destino formou o rosário de minha existência tiveram início há uns três anos, durante a segunda lua do mês de Rabiel-Auel.

Por esse tempo, tinha eu pouco mais de dezoito anos de idade. Achando-me perdido nesta bela cidade,[1] sem rumo nem pouso certo, resolvi passar a noite numa pequena mesquita que se me deparou nas minhas perambulagens.

Entrei no pátio do templo, onde pretendia deixar as sandálias, quando vi que se acercavam de mim dois homens, precedidos de escravos portadores de pesadas lanternas de óleo. Afastei-me para que eles passassem; o mais velho deles — um

[1]Refere-se a Bagdá.

ancião de aspecto venerável —, depois de me olhar com muita atenção, exclamou:

— Que a paz seja contigo!

Retribuindo àquele salam, respondi imediatamente:

— E contigo seja sempre a misericórdia infinita de Alá!

O velho perguntou-me com vivo interesse:

— És estrangeiro, meu filho?

Contei-lhe (nem via razão para ocultar a verdade) que era natural da cidade do Cairo, no Egito, e que dias antes, em viagem a Bagdá, me havia extraviado em caminho, perdendo de vista meus companheiros.

— Por Alá, ó jovem forasteiro! — exclamou o velho, interrompendo-me. — Louvado seja o Sapientíssimo![2] Quererás, hoje mesmo, tirar-nos de uma grande dificuldade?

Aquela pergunta inesperada mais parecia uma ironia maldosa do que um apelo sincero. Como poderia eu, em cidade desconhecida, faminto e sem dinheiro, auxiliar aquele xeque de aparência nobre e distinta?

— Direi em poucas palavras — começou o ancião — o que desejo de ti, meu jovem amigo. Tenho uma filha chamada Nedjma.[3] É sem dúvida uma das jovens mais formosas desta cidade. Ontem, quando ela, em companhia de duas escravas, se dirigia para a Mesquita de Omar,[4] encontrou-se casualmente com o detestável Sayeg, primeiro-vizir do rei. Sayeg, homem já idoso e perverso, enamorou-se de minha filha, e, pelo que fui infor-

---

[2] Deus.
[3] Nome feminino, significa "Estrela".
[4] Famoso templo de Badgá.

mado, pretende ainda hoje pedi-la em casamento. Se o pedido for feito, não poderei recusá-lo, e para a pobre menina esse casamento com um sujeito rancoroso e mau será uma verdadeira desgraça...

"Quero livrar Nedjma desse namorado indesejável. E só há um meio: casá-la com um estrangeiro. Sabedor das perigosas intenções do vizir, resolvi sair com meu filho Nassif, este rapaz que veio comigo, em busca de um marido para Nedjma, e tivemos a felicidade de te encontrar, ó jovem egípcio! É exatamente um estrangeiro, desconhecido em Bagdá, que mais nos convém!

E, batendo-me carinhosamente no ombro, disse num tom grave:

— Queres, ó egípcio, casar com minha filha Nedjma? Receberás como dote cem dinares e dez camelos de sela!

A situação de indigência e abandono em que me encontrava era terrível. A proposta do velho xeque, oferecendo-me a mão de sua filha e um dote valioso, encantou-me sobremaneira.

Respondi, pois, sem hesitar, disfarçando a comoção:

— Aceito!

O ancião, voltando o rosto para o moço que ficara em silêncio, a pequena distância de nós, exclamou:

— Louvado seja Alá, o Eterno! Este estrangeiro, ó Nassif, aceita a nossa proposta.

E ajuntou com alvoroço:

— Vamos imediatamente para casa. Tudo será feito em segredo, na presença do cádi Abul Soraka!

Depois de percorrermos várias ruas tortuosas e escuras, chegamos, finalmente, diante de um grande palacete, no bairro de Kazimien, um dos mais ricos de Bagdá. Era ali que morava aquela que deveria ser minha esposa.

Levaram-me por uma pequena porta lateral para um grande aposento ricamente mobiliado. Ali me fizeram tomar um banho perfumado, vestir um traje luxuoso e deram-me uma bolsa com cem dinares de ouro, que correspondiam a uma parte do prêmio prometido. Apertava-me a cintura riquíssima faixa de seda, a que prendi minha inseparável espada.

Uma escrava circassiana,[5] muito pálida, mas de incomparável formosura, tomando-me pela mão, levou-me ao deslumbrante salão onde ia realizar-se o meu singular casamento e onde se encontravam, além do ancião e do jovem Nassif, quatro homens desconhecidos: um deles, gordo, de turbante verde, eu soube, mais tarde, chamar-se Abul Soraka, e exercera as funções de cádi, os outros três eram amigos do dono da casa, chamados a testemunhar o enlace.

Momentos depois, acompanhada de sua escrava predileta, apareceu Nedjma, a noiva desconhecida que o destino me trouxera.

Embora tivesse o rosto oculto sob um véu azulado, pude ver, numa contemplação imóvel, que se tratava de uma rapariga extremamente formosa. Fiquei prisioneiro, no mesmo instante, de seu olhar, que derramava languidez e bondade.

Chamou-me desde logo a atenção o fato curioso de a escrava trazer o rosto ainda mais velado do que a própria noiva.

---

[5] Os circassianos são um grupo étnico do Cáucaso que integra a população da antiga União Soviética.

Suposições fantasiosas invadiam o mundo agitado de meus pensamentos.

O velho Ahmed Kamil — assim se chamava o xeque — aproximou-se de mim e segredou-me assaz misterioso:

— Meu bom amigo, não te esqueças, um só momento, de que não passas de um marido mercenário, encontrado na rua e alugado a peso de ouro. Este casamento não passará de simples formalidade, e o meu fito, ao realizar esta cerimônia, é, exclusivamente, como já disse, livrar minha filha de um destino execrável. Ainda hoje mesmo, ao romper do dia, deixarás esta cidade, pois já mandei preparar a caravana com dez camelos que deverá conduzir-te de volta à tua pátria. Dentro de alguns meses anularei este casamento; minha filha poderá, então, ligar-se àquele que seu coração eleger.

Cobrando ânimo, refleti:

— Peço perdão, ó venerável xeque! Logo que o casamento for anulado, o vizir poderá retornar ao seu intento, e certamente o fará.

Isto dizia eu com muita veemência, pois não me parecia interessante desfazer aquele casamento com uma jovem tão sedutora, ambicionada até pelo primeiro-vizir do rei.

— Estás enganado — discordou logo o xeque. — Há, em nosso país, uma lei que não permite as núpcias de um vizir com uma mulher que tenha sido esposa de estrangeiro. Com este casamento, portanto, minha filha estará para sempre livre da ameaça de qualquer vizir do rei.

E acrescentou, com voz soturna e grave, pondo-me as mãos espalmadas sobre os ombros:

— Para evitar dúvidas e contrariedades futuras, ó egípcio, vais jurar sobre o Alcorão[6] que deixarás esta cidade ao romper do dia!

Nassif, irmão de Nedjma, trouxe um exemplar do Livro Sagrado para que eu proferisse a fórmula do juramento. Notei que todos acompanhavam, com viva curiosidade, os meus gestos, como duvidosos de minha submissão àquelas exigências.

Antes que me fosse dado proferir, como bom muçulmano, o juramento exigido, o cádi Soraka, que parecia excessivamente nervoso, voltou-se para o xeque, pai de Nedjma, e disse-lhe:

— Proponho que o dervixe[7] Talibrã, antes do casamento, leia a sorte, boa ou má, desse jovem estrangeiro. Não se esqueçam de que o destino, às vezes, escreve, como os cristãos, da esquerda para a direita.[8]

— Sim, sim — concordaram logo, com impressionante alvoroço, as três testemunhas. — Ouçamos a eloquente palavra do sábio dervixe.

O cádi acercou-se de uma porta estreita que mal se percebia, no fundo da sala, e bateu palmas três vezes.

Dentro de poucos instantes, como num passe de magia, surgiu no aposento um novo e estranho tipo. Enrodilhado

---

[6]Livro sagrado dos muçulmanos, composto de 114 capítulos (ou suratas), cada capítulo dividido em versículos. Para citar o Alcorão, é preciso indicar a surata e o versículo. Assim, 18-23 ou XVIII-23: o primeiro número indica a surata, o outro corresponde ao versículo.

[7]Indivíduo que cultiva a magia: religioso muçulmano. Acreditavam os árabes que os dervixes possuíam o dom de adivinhar o futuro. Essa crendice só subsiste hoje nas classes ignorantes. O dervixe era também chamado daroês.

[8]Os árabes escrevem da direita para a esquerda. A expressão "escrever da esquerda para a direita", em linguagem literária, significa "acontecimento inesperado". A respeito da escrita árabe, julgamos que deverão interessar ao leitor as curiosas considerações aduzidas pelo ilustre orientalista português Sr. Eduardo Dias:

numa túnica andrajosa e imunda, tinha a aparência de um desses mendigos asquerosos que perambulam, ao cair da noite, por entre as tendas dos mercadores.

O rosto se mostrava meio encoberto por uma barba ruiva e espessa; os cabelos eram bastos, castanhos e ostensivamente revoltos. Caminhava devagar, e no olhar, esconso e mau, traduzia o brilho cortante de punhal aguçado.

Aquele tipo repelente era o dervixe Talibrã, que, por sugestão do cádi, ia ler a minha sorte.

Abeirando-se de mim, o *zhelgagh*[9] fitou-me longamente.

— Ah! Ah! — casquinou esfregando as mãos como um demente. — É esse o noivo! Ah! Ah! Ah! Que fazias tu no pátio da mesquita?

E seus olhos faiscavam maldade. Franjeou-lhe os lábios uma espuma branca de ódio.

"À interrogação — por que escrevem os povos semíticos em sentido inverso dos indo-europeus — têm sido propostas várias soluções. Uma, pelo menos engenhosa e devida ao estranho Fabre d'Olivet, pode ser resumida assim: nos tempos pré-históricos, não havia escrita vulgar. O uso de representar as coisas por sinais é tão velho quanto a civilização humana. E sempre, nesses primitivos tempos, a escritura foi privilégio do sacerdócio, como coisa sagrada, como função religiosa e de inspiração divina. Quando, no hemisfério austral, os padres da raça negra traçaram sobre peles de animais ou sobre mesas de pedra os seus misteriosos sinais, tinham o hábito de se voltar na direção do Pólo Sul; a mão dirigia-se para o Oriente, fonte de luz. Eles escreviam, portanto, da direita para a esquerda. Os padres da raça branca, ou nórdicos, aprenderam a escritura dos padres negros e começaram a escrever como eles. Quando, porém, o sentimento da sua origem se foi desenvolvendo, junto com a consciência nacional e o orgulho da raça, eles inventaram sinais próprios, e ao invés de se voltarem para o sul, na direção do país dos negros, fizeram face ao norte, ao país dos antepassados, continuando a escrever na direção do Ocidente. Os caracteres seguiam então da esquerda para a direita. E assim se explica — entende Fabre d'Olivet — a direção das ruínas célticas, do zende, do sânscrito, do grego, do latim e de todas as formas de escritura das raças arianas."

[9]Variedade de lagarto, de aspecto repugnante, encontrado nas regiões desertas. É aplicado como termo injurioso.

Encarei-o com inquietação e assombro.

O asselvajado dervixe cruzou os braços e considerou demoradamente o recinto com o olhar desnorteado.

Que pretenderia ele de mim? Por que motivo procurava atingir-me com o veneno de seu rancor?

— Jovem egípcio — reatou numa voz rouquenha e trágica —, por que abandonaste a opulenta caravana dos amigos de teu pai? Ah! Ah! Foi o destino! A tua vida tomará novo rumo: vais cair no fundo de um abismo. — Soltou uma risadinha cortante e mordaz. — Tua salvação, ó cairota, estará na tua mão direita. Não levantes nunca tua mão direita.

Súbito, o sacripanta emudeceu. Seu olhar esgazeou-se. Virava e revirava a cabeça de um lado para o outro. Pareceu-me, então, ouvir um sussurro duvidoso, uma toada surda de passos e vozes. O estranho ruído partia do fundo do palácio.

— Estamos traídos — bradou uma das testemunhas. — O vizir foi avisado deste casamento!

Decorridos poucos minutos, vi surgirem na sala, fazendo retinir suas pesadíssimas espadas, cinco ou seis homens que pareciam oficiais do rei.

Um dos recém-chegados dirigiu-se ao velho xeque Kamil e disse-lhe sem mais preâmbulos:

— O nobre vizir Sayeg foi informado de que pretendeis unir legalmente vossa filha Nedjma com um jovem recém--chegado do Egito. Temos ordens para impedir, de qualquer modo, esse estúpido casamento.

Estabeleceu-se logo, na sala, grande confusão. O dervixe entrou a saltar como um demente. As mulheres gritavam. O velho xeque esbravejava, possesso. Um homem corpulento, mal-encarado, segurou com violência a noiva, tolhendo-a, brutalmente, pelos braços. Senti que me traspassava um calafrio.

No meio daquela balbúrdia, fiquei esquecido a um canto. A escrava que acompanhava Nedjma aproximou-se de mim e segredou-me com aflitiva docilidade:

— Vem comigo, ó egípcio! Posso levar-te para lugar seguro!

E, tomando-me pela mão, conduziu-me para um canto da sala onde uma porta secreta abria para uma escada escura e precipitosa.

Na sala ninguém deu pela nossa fuga.

Descemos lentamente a escada, cujos degraus eram irregulares e traiçoeiros, e chegamos a um aposento frio e úmido, escavado no subterrâneo do palácio. Tateávamos, já numa escuridão completa.

A escrava que me servia de guia, no meio das trevas, tirava-me brandamente pela mão. Eu sentia-lhe a pressão delicada dos dedos e o perfume inebriante que exalava de seus longos e sedosos cabelos.

Dentro de alguns minutos iria eu ter uma das maiores surpresas da minha vida.

Eis o que ocorreu:*

---

*A continuação corresponde a novo capítulo do romance *Aventuras do rei Baribê*.

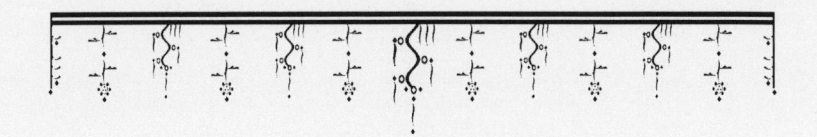

Dez anos de *kest*

Não entres na vereda dos ímpios nem
andes pelo caminho dos maus.
Evita o pecador; não passes por ele;
desvia-te dele e passa de largo.
Afasta-te daqueles que comem o pão da
impiedade e bebem o vinho da violência.

Salomão

Interessante seria, meu amigo, começar este conto à maneira dos clássicos israelitas, citando cinco ou seis pensamentos admiráveis, colhidos nas páginas famosas do Talmude.[1] Como recordar-me,

---

[1]Talmude e Pentateuco são dois livros tradicionais para os judeus. O Talmude é uma coleção de leis, tradições e costumes dividida em duas partes: o *Michná* e o *Guemará*. O *Michná* ou "Segunda Lei" é o compêndio das leis orais redigidas pelo rabi Judá Ha-Nassi, o Santo,

porém, dos trechos mais belos da antologia hebraica quando é fraca, incerta e claudicante a minha memória? Vem-me apenas à lembrança um velho provérbio muito citado pelos judeus russos: "Quando o homem é feliz, um dia vale um ano."

A verdade contida nesse aforismo é indiscutível. E a história que a seguir vou narrar poderá servir para ilustrar a minha asserção.

Vivia em Viena, há mais de meio século, um jovem chamado David Kirsch, filho de um *malamed*,[2] homem prudente e sensato. David Kirsch adornava o seu espírito com uma qualidade bastante apreciável: não ousava tomar resolução alguma de certa relevância sem se sentir esclarecido e orientado pelos conselhos dos mais velhos. Quando pensou em casar-se, ouviu de seu pai a seguinte recomendação:

— Cabe-me dizer-te, meu filho, que deverás evitar qualquer casamento quando deste resultar aproximação, por parentesco, com um *roiter-id*.[3]

E acrescentou, com a prudência que só a longa experiência da vida ensina aos homens:

---

por ocasião da fundação da Academia de Tiberíades (459 da era judaica). Subdivide-se em seis partes: *Zerahim*, que trata do cultivo das sementes e plantas e das regras para o pagamento dos dízimos e primícias; *Môed*, referente às festas e tempos; *Nachin*, dedicado às mulheres, dissertando sobre esponsais, matrimônio e divórcio; *Nizikim*, sobre contratos mercantis e outros fatos, danos e prejuízos; *Dodaskim*, das coisas santificadas e serviços do templo; *Teharot*, das coisas limpas e imundas.

O *Guemará* ou Suplemento do rabi Joachanan é o comentário de todos os assuntos do *Michná*.

Ao Talmude de Jerusalém pode-se juntar o da Babilônia, redigido em 504 (era judaica) por Ascheh e Rabina, e terminado pelo rabi Jehosueh.

[2] Professor.

[3] Judeu vermelho.

— Se algum dia, porém, por uma fatalidade, caíres nas garras de um *roiter-id*, procura, sem demora, o auxílio de outro *roiter-id*!

Quis o jovem David, com grande empenho, conhecer, mais por curiosidade do que por outro motivo, a razão de ser daquele curioso conselho, mas o velho *malamed* recusou-se terminantemente a dar qualquer explicação sobre o caso, alegando que tinha, para assim proceder, motivos de consciência que não poderia revelar.

Algumas semanas depois, o jovem David Kirsch foi procurado por um *schatchhen*, isto é, um agenciador de casamentos.

Trocadas as saudações habituais — *Scholem Aleichem! Aleichem Scholem!* —, o *schatchhen* assim falou:

— Como sei que pretendes resolver do melhor modo possível o problema do teu futuro, com a escolha de uma companheira digna, quero informar-te que obtive, para o teu caso, uma solução admirável. A noiva que tenho em vista é formosa, de família honestíssima e, além do mais, muito culta e prendada.

— E o dote? — indagou David grandemente interessado.

— Quanto ao dote — explicou logo o *schatchhen*, com um sorriso que traduzia o orgulho de bom profissional —, está combinado que será de mil coroas, e terás ainda dez anos de *kest*!

— Dez anos de *kest*! — repetiu David. — Mas isto é espantoso, inacreditável!

Sou forçado a interromper a presente narrativa para dar

ao leitor não judeu, isto é, ao meu amigo gói,[4] um esclarecimento que me parece indispensável.

O *kest* é costume tradicional entre os judeus. O pai da noiva, além do dote (que é de uso também entre os cristãos), concede ao genro, a título de auxílio para iniciar a vida, a permissão de viver, durante algum tempo, em sua casa, sem ter a menor despesa, quer com a alimentação, quer mesmo com o vestuário. Esse período, durante o qual o pai da jovem toma a seu encargo a subsistência completa dos recém-casados, é denominado *kest,* e, em geral, varia de um a três anos.

Para um jovem egoísta, sem ânimo para a vida, pouco inclinado ao trabalho, a oferta em um *kest* prolongado constitui uma isca irresistível. Era esse, precisamente, o caso de David Kirsch, indolente como um falso mendigo, amigo da boa vida e do feriado permanente.

Dez anos de *kest*?

Um judeu sensato não poderia hesitar. A cerimônia do noivado, com a clássica apresentação das famílias, foi marcada para alguns dias mais tarde.

---

[4]Forma com que os judeus, em geral, designam um indivíduo que não é judeu. O vocábulo gói pertence ao ídiche.

Convém esclarecer o gói (ou *góim*) sobre a verdadeira significação do ídiche.

Sob esse nome — derivado do alemão *Judisch* (judeu) — é conhecido o idioma que falam os judeus da Rússia (e dos países que integravam a antiga Rússia imperial), da Polônia, da Romênia, da Áustria, da Hungria e, também, aqueles que emigraram para a América. Em ídiche são publicados centenas de jornais, revistas, obras literárias e até livros de ciência. Em Nova York, onde vivem milhões de judeus, há teatros que representam peças traduzidas para o ídiche ou escritas diretamente nesse idioma.

No ídiche, o vocabulário alemão entra com 60 por cento dos termos e expressões. A parte restante é constituída de palavras adaptadas ou tomadas do hebreu, do russo, do romeno etc. Um dos escritores mais populares na pujante e notável literatura ídiche é Scholem Aleichem, humorista de renome universal.

Quando David Kirsch foi levado à presença de sua noiva, ficou maravilhado: o *schatchhen* não o havia iludido, pintando com as cores vivas do exagero os encantos da noiva prometida. A menina era uma judia realmente graciosa, e os dez anos de *kest* emprestavam-lhe ao olhar, ao sorriso e aos lábios todos os ímãs inconcebíveis da beleza. Rebla, a filha do rei de Gorner, não parecera mais encantadora aos olhos do grande Salomão!

Dolorosa foi, porém, a surpresa do noivo judeu ao defrontar, pela primeira vez, com seu futuro sogro. Era o velho um tipo perfeito e inconfundível de *roiter-id*!

Naquele momento recordou-se David, com pavor, do conselho que a prudência paterna lhe ditara: "Evitar qualquer aproximação, pelo casamento, com um *roiter-id*!" Mas que fazer naquela dificuldade? A sua palavra estava dada; ademais, acima de qualquer compromisso, os dez anos de *kest* constituíam um argumento irrespondível diante do qual desapareciam todos os motivos que militavam contra o consórcio que se lhe afigurava tão promissor.

Pouco tempo depois realizou-se o enlace nupcial e o jovem passou a viver, com sua adorada esposa, o seu belo período de *kest*, na casa do rico *roiter-id*.

"Esse judeu vermelho", pensou David, desconfiado com o caso, "alguma peça prepara contra mim. Custa-me acreditar que ele mantenha a sua promessa dos dez anos de *kest*. Naturalmente aqui, em sua casa, terei um tratamento tão vil e humilhante que nem mesmo um cão seria capaz de aturar, e ao fim de dois ou três meses, é certo, serei forçado, pela situa-

ção, a procurar outro pouso e trabalho. Alguma coisa desa-
gradável o meu sogro já planejou contra mim!"

Com grande espanto, entretanto, o jovem David verificou
que o pai de sua esposa era de um feitio que desmentia por
completo seus temores e desconfianças. O *roiter-id* mostrava-se
delicado e afetuoso, e dispensava ao seu novo genro um tratamento principesco: fazia multiplicar os pratos saborosos nas
refeições, proporcionava-lhe passeios agradabilíssimos, dava-lhe
roupas finas e enchia-o de presentes valiosos.

"Meu pai não tinha razão", meditava o jovem, refletindo
sobre a vida regulada e invejável que desfrutava em casa de
seu sogro. "Que outro marido poderá ser mais feliz do que
eu? Rivekelê,[5] a minha esposa, é encantadora; por longo prazo, sem o menor trabalho ou contrariedade, terei, nesta casa,
mesa sempre lauta, agasalho, carinho e consideração!"

Ao cabo de alguns dias, o velho *roiter-id* chamou o indolente marido de sua filha e interpelou-o, muito sério.

— Diz-me, ó David! És na verdade feliz na tua nova situação de homem casado e chefe de família?

— Muito feliz, meu sogro — confirmou o jovem. — Sinto-me aqui incomparavelmente feliz!

— Se assim é — tornou, gravemente, o judeu vermelho
—, o teu *kest* está terminado!

— Terminado o meu *kest*? — exclamou, atônito, o marido parasita. — Mas se eu estou casado há pouco mais de uma
semana! Como pode ser isto?

---

[5] Diminutivo carinhoso.

— Como pode ser? — repetiu o sogro num tom muito sério. — Nada mais simples. Estás casado com minha filha há dez dias. Bem sabes que "para um homem feliz, um dia vale um ano". Logo, de acordo com esse tradicional provérbio, estás casado há dez anos! Amanhã, portanto, levarás de minha casa tua esposa e irás para a tua residência. Creio que deverás, também, procurar um emprego, um meio qualquer de vida, pois de mim já recebeste o necessário auxílio, o dote e o *kest* prometidos.

Diante da imposição do sogro, sentiu-se o nosso herói preso de grande furor. Quis apresentar argumentos que militavam em seu favor, mas o astucioso *roiter-id* manteve-se intransigente e não houve como levá-lo a reconsiderar a resolução que tomara, insistindo em afirmar que nada fazia senão atender à verdade contida no provérbio: "Quando o homem é feliz, um dia vale um ano."

David Kirsch não se conformava com a ideia de ser obrigado a trabalhar para viver; e a situação a que fora, de repente, atirado, envenenou-lhe o espírito com todas as toxinas do rancor. Tinha sido, a seu ver, indigno o proceder do pai de Rivekelê. Prometera-lhe, sob palavra, dez anos de *kest*, e depois, com evidente má-fé, baseando-se num idiota brocardo judeu, reduzira o prazo a dez dias! Que tratante! Era um grande velhaco o *roiter-id*! Quando o interesse estava em jogo, sabia transformar um provérbio em lei social!

— Meu pai tinha razão — murmurou David. — Pratiquei uma imprudência muito séria, fazendo-me surdo aos conselhos daquele que, melhor do que eu, deve conhecer a vida e os filhos de Israel!

E, resolvido a não incidir mais uma vez no erro, o jovem, recordando-se da segunda parte do conselho parterno, foi, nesse mesmo dia, procurar um conhecido seu, chamado Elias Bloch, também judeu vermelho, e pediu-lhe que indicasse um meio que lhe permitisse sair da situação crítica em que se encontrava.

O inteligente Elias Bloch atendeu com amabilidade o jovem David e, depois de ouvir o minucioso relato da burla do *kest*, respondeu pachorramente:

— Não vejo dificuldade alguma em resolver o teu caso. Irás amanhã à casa de teu sogro, e se seguires as minhas instruções, sairás vencedor nesse litígio.

No dia seguinte, David Kirsch, tendo nas mãos um exemplar da Torá[6] — que é o livro da lei entre os hebreus —, foi ter à rica vivenda do seu astucioso sogro.

Depois de saudar o velho *roiter-id* com reserva e cerimônia, como se as relações entre ambos estivessem profundamente abaladas, assim falou:

— Por motivo muito grave sou forçado a vir agora à sua presença. Vou divorciar-me!

Divórcio! Essa palavra para a família judaica representa uma calamidade só comparável às maiores calamidades.[7]

---

[6]Torá, em sentido amplo, significa "lei", "ensinamento". Em sentido mais restrito, designa a Torá o conjunto da lei, escrita e oral, isto é, a Bíblia, a *Michná* e o Talmude. Em linguagem corrente, pode designar apenas o Pentateuco, que é a Torá de Moisés.

[7]É interessante indagar como foi o problema do divórcio encarado pelos sábios israelitas que compuseram o Talmude. Vale a pena sublinhar, no famoso livro da Lei, este pensamento admirável. "Quando uma esposa é repudiada pelo marido, um estremecimento de horror agita a terra inteira."

— Estás louco, rapaz! — desdenhou o velho com um sorriso meio amarelo. — Bem sabes que o divórcio só pode ser obtido segundo a lei de Moisés. Que motivo poderá ser aduzido para justificativa dessa nódoa infamante que pretendes lançar contra a minha família?

— Tenho a lei a meu favor — reagiu com altivez o moço. — Vivi, como o senhor mesmo declarou, em sua companhia, os dez anos de *kest*. Os doutores e rabis não ignoram que o Livro da Lei de Moisés — a Torá — diz com a maior clareza: "Quando a mulher não concebe, ao fim de dez anos, o marido pode requerer o divórcio." Ora, eu estou casado há dez anos e não tenho filhos; cabe-me portanto, segundo a Lei, o direito de repudiar minha esposa!

— Que brincadeira é essa, meu filho? — apaziguou o *roiter-id*, abraçando amavelmente o genro. — Afastemos de nós as ideias tristes, pois já não foi pequeno o susto com que abalaste meu coração de pai. Fizeste mal em tomar a sério o meu gracejo sobre o tal provérbio dos dias felizes e, se assim é, fica o dito pelo não dito. Se eu prometi dez anos de *kest*, é certo que poderás viver todo esse tempo em minha casa!

E concluiu, com orgulho, passando a mão lentamente pelos cabelos avermelhados.

— Jamais deixei, menino, como um bom judeu, de cumprir a palavra dada.

(De *Lendas do povo de Deus*)

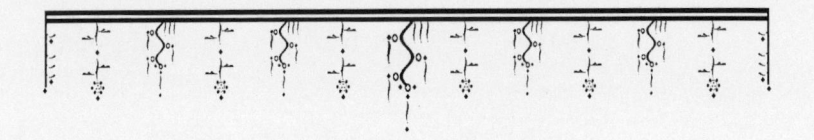

Olhos pretos e azuis

*Que a tua sabedoria não seja uma humilhação para o teu próximo.
Guarda domínio sobre ti mesmo e nunca te abandones
à tua cólera. Se aspiras à paz definitiva, sorri ao destino
que te fere; não firas a ninguém.*

Omar Khayyam

Terminada a exposição feita por Beremiz sobre os problemas famosos da matemática, o sultão, depois de conferenciar em voz baixa com dois de seus conselheiros, assim falou:

— Pela resposta dada, ó calculista, a todas as perguntas, fizeste jus ao prêmio que te prometi. Deixo portanto à tua escolha. Queres receber vinte mil dinares em ouro ou preferes possuir um palácio em Bagdá? Desejas o governo de uma província ou ambicionas o cargo de vizir na minha corte?

— Rei generoso! — respondeu Beremiz profundamente emocionado. — Não ambiciono riquezas, títulos, homenagens e regalos, porque sei que os bens materiais nada valem; a fama que pode advir dos cargos de prestígio não seduz, pois o meu espírito não sonha com a glória efêmera do mundo. Se é vosso desejo tornar-me, como dissestes, invejado por todos os muçulmanos, o meu pedido é o seguinte: desejo casar-me com a jovem Telassim, filha do xeque Iezid Abul-Hamid.

O inesperado pedido formulado pelo calculista causou indizível assombro. Percebi, pelos rápidos comentários que pude ouvir, que todos os muçulmanos que ali se achavam não tinham mais dúvida alguma sobre o estado de demência de Beremiz.

— É um louco esse calculista — diziam. — Despreza a riqueza e rejeita a glória para casar-se com uma jovem que nunca viu!

Quando o califa Al-Motassim ouviu o pedido do astucioso Beremiz, disse-lhe:

— Não farei, ó calculista, oposição alguma ao teu casamento com a formosa Telassim. É bem verdade que essa jovem já estava prometida a um dos xeques mais ricos da corte; uma vez, porém, que ela própria deseja mudar o rumo de sua vida — *maktub!* — seja feita a vontade de Alá!

"Imponho, entretanto", prosseguiu, enérgico, o soberano, "uma condição. Terás, ó exímio matemático, de resolver, diante de todos os nobres que aqui se acham, um curioso problema inventado por um dervixe do Cairo. Se resolveres esse problema, casarás com Telassim; caso contrário, terás de desistir, para sempre, dessa fantasia louca de beduíno que bebeu haxixe. Serve-te a proposta?

— Emir dos crentes! — retorquiu Beremiz com muita tranquilidade e firmeza. — Desejo, apenas, conhecer os termos do aludido problema, a fim de poder solucioná-lo, com os prodigiosos recursos do Cálculo e da Análise!

Respondeu o poderoso califa:

— O problema, na sua expressão mais simples, é o seguinte: tenho cinco lindas escravas; comprei-as, há poucos meses, de um príncipe mongol. Dessas cinco encantadoras meninas, duas têm os olhos pretos, e as três restantes têm os olhos azuis. As duas escravas de olhos pretos, quando interrogadas, "dizem sempre a verdade"; as escravas de olhos azuis, ao contrário, são mentirosas, isto é, "nunca dizem a verdade". Dentro de alguns minutos, essas cinco jovens serão conduzidas a este salão; todas elas terão o rosto inteiramente oculto por espesso véu. O *haic* que as envolve torna impossível distinguir-se, em qualquer delas, o menor traço fisionômico. Terás de descobrir e indicar, sem a menor possibilidade de erro, quais as raparigas de olhos pretos e quais as de olhos azuis. Poderás interrogar três das cinco escravas, não sendo permitido, em caso algum, fazer mais de uma pergunta à mesma jovem. Com auxílio das três respostas obtidas, o problema deverá ser resolvido, sendo a solução justificada com todo rigor matemático. E as perguntas, ó calculista, devem ser de tal natureza que só as próprias escravas sejam capazes de responder com perfeito conhecimento.

Momentos depois, sob os olhares curiosos dos circunstantes, apareciam no grande divã das audiências as cinco escravas de Al-Motassim. Apresentavam-se cobertas com longos véus negros da cabeça até os pés; pareciam verdadeiros fantasmas do deserto.

Sentiu Beremiz que chegara o momento decisivo de sua carreira. O problema formulado pelo califa de Bagdá, sobre ser original e difícil, poderia envolver embaraços e dúvidas imprevisíveis.

Ao calculista seria facultada a liberdade de arguir três das cinco raparigas. Como, porém, iria descobrir, pelas respostas, a cor dos olhos de todas elas? Quais seriam as três a serem interrogadas? Como determinar as duas que ficariam alheias ao interrogatório?

Havia uma indicação preciosa: as de olhos pretos diziam sempre a verdade; as outras três (de olhos azuis) mentiam invariavelmente.

E isso bastaria?

Vamos supor que o calculista interrogasse uma delas. A pergunta deveria ser de tal natureza que só a escrava soubesse responder. Obtida a resposta, continuaria a dúvida.

A interrogada teria dito a verdade? Teria mentido? Como apurar o resultado, se a resposta certa não era por ele conhecida?

O caso era, realmente, muito sério.

As cinco embuçadas colocaram-se em fila no centro do suntuoso salão. Fez-se grande silêncio. Nobres muçulmanos, xeques e vizires acompanhavam com vivo interesse o desfecho daquele novo e singular capricho do rei.

O calculista aproximou-se da primeira escrava (que se achava no extremo da fila, à direita) e perguntou-lhe com voz firme e pausada:

— De que cor são os teus olhos?

Por Alá ! A interpelada respondeu em dialeto chinês, totalmente desconhecido pelos muçulmanos presentes! Beremiz protestou. Não compreendera uma única palavra da resposta dada.

Ordenou o califa que as respostas fossem dadas em árabe puro, e em linguagem simples e precisa.

Aquele inesperado fracasso veio agravar a situação do calculista. Restavam-lhe, apenas, duas perguntas, pois a primeira já era considerada inteiramente perdida para ele.

Beremiz, que o insucesso não havia conseguido desalentar, voltou-se para a segunda escrava e interrogou-a:

— Qual foi a resposta que sua companheira acabou de proferir?

Disse a segunda escrava:

— As palavras dela foram: "Os meus olhos são azuis." Essa resposta nada esclarecia. A segunda escrava teria dito a verdade ou estaria mentindo? E a primeira? Quem poderia confiar em suas palavras?

A terceira escrava (que se achava no centro da fila) foi interpelada, a seguir, pelo calculista, da seguinte forma:

— De que cor são os olhos das duas jovens que acabo de interrogar?

A essa pergunta — que era, aliás, a última a ser formulada — a escrava respondeu:

— A primeira tem os olhos pretos e a segunda olhos azuis!

Seria verdade? Teria ela mentido?

O certo é que Beremiz, depois de meditar alguns minutos, aproximou-se tranquilo do trono e declarou:

— Comendador dos crentes! Sombra de Alá na terra! O problema proposto está inteiramente resolvido, e sua solução pode ser enunciada com absoluto rigor matemático. A primeira escrava, à direita, tem os olhos pretos; a segunda tem os olhos azuis; a terceira tem os olhos pretos, e as duas últimas têm os olhos azuis!

Erguidos os véus e retirados os pesados *haics*, as jovens apareceram sorridentes, os rostos descobertos. Ouviu-se um "ailá" de espanto no grande salão. O inteligente Beremiz havia dito, com precisão admirável, a cor dos olhos de todas elas!

— Pelas barbas de Maomé! — exclamou o rei. — Já tenho proposto esse mesmo problema a centenas de sábios, ulemás, poetas e escribas, e, afinal, esse modesto calculista é o primeiro que consegue resolvê-lo! Como foi, ó jovem, que chegaste a essa solução? De que modo poderás demonstrar que não havia, na resposta final, a menor possibilidade de erro?

Interrogado desse modo pelo generoso monarca, o Homem que Calculava assim falou:

— Ao formular a primeira pergunta ("De que cor são os teus olhos?"), eu sabia que a resposta da escrava seria fatalmente a seguinte: "Os meus olhos são pretos!" Com efeito, se ela tivesse os olhos pretos diria a verdade, isto é, afirmaria: "Os meus olhos são pretos!" Tivesse ela os olhos azuis, mentiria, e, assim, ao responder, diria também: "Os meus olhos são pretos!" Logo, eu afirmo que a resposta da primeira escrava era uma única, forçada e bem determinada: "Os meus olhos são pretos!"

"Feita, portanto, a pergunta, esperei pela resposta que previamente conhecia. A escrava, respondendo em dialeto para mim estranho, auxiliou-me de modo prodigioso. Realmente. Alegando não ter entendido o arrevezado idioma chinês, interroguei a segunda escrava: 'Qual foi a resposta que sua companheira acabou de proferir?' Disse-me a segunda: 'As palavras dela foram: *Os meus olhos são azuis.*' Tal resposta vinha demonstrar que a segunda mentia, pois essa não podia ter sido, de forma alguma, como já provei, a resposta da primeira jovem. Ora, se a segunda mentira, era evidente que tinha os olhos azuis. Reparai, ó rei, nessa particularidade notável para a solução do enigma! Das cinco escravas, nesse momento, havia uma cuja incógnita estava, pois, por mim resolvida com todo rigor matemático. Era a segunda. Havia faltado com a verdade; logo, tinha os olhos azuis. Restavam ainda quatro incógnitas do problema.

"Aproveitando a terceira e última pergunta, interpelei a escrava que se achava no centro da fila: 'De que cor são os olhos das duas jovens que acabo de interrogar?' Eis a resposta que obtive: 'A primeira tem os olhos pretos e a segunda olhos azuis!' Ora, em relação à segunda eu não tinha dúvida, conforme já expliquei. Que conclusão pude tirar, então, da terceira resposta? Muito simples. A terceira escrava não mentira, pois confirmara que a segunda tinha os olhos azuis. Se a terceira não mentira, seus olhos eram pretos e as suas palavras eram a expressão da verdade, isto é, a primeira escrava tinha os olhos pretos. Foi fácil concluir que as duas últimas, por exclusão, à semelhança da segunda, tinham os olhos azuis!

E o calculista concluiu:

— Posso asseverar, ó rei do tempo, que nesse problema, embora não apareçam fórmulas, equações ou símbolos algébricos, a solução, para ser certa e perfeita, deve ser obtida por meio de um raciocínio puramente matemático!

Estava resolvido o problema do califa. Outro, muito mais difícil, Beremiz seria, em breve, forçado a resolver: Telassim, ou sonho de uma noite em Bagdá!

Louvado seja Alá, que criou a mulher, o amor e a matemática!

(De *O Homem que Calculava*)

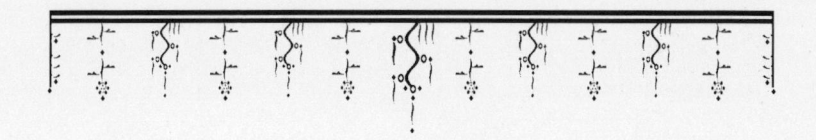

Parábola das mães felizes

(De um poema árabe do século XII)

A jovem mãe ia, enfim, iniciar a grande jornada pela estrada incerta da vida. E perguntou, muito tímida, ao Anjo Bom do Destino:

— É longo o caminho a percorrer, Senhor? Serei feliz com os meus filhos que tanto amo e estremeço?

Respondeu-lhe, sereno e terno, o Anjo Bom do Destino.

— O caminho que se abre diante de ti é longo, muito semeado de angústias, recortado de dores e tapetado de fadigas. Antes de alcançares a curva extrema, virá a impiedosa velhice ao teu encontro. Ainda assim, asseguro-te que os teus derradeiros passos serão mais cheios de alegria e encantamento do que os primeiros.

E a jovem mãe partiu. Sentia-se extremamente ditosa em companhia de seus filhinhos. A existência lhe decorria sob o véu de um delicioso encantamento. Brincava com os pequeninos; colhia para eles, unicamente para eles, as mais lindas flores que adornavam os caminhos do mundo. E o sol brilhava, inundando a terra com a bênção de suas torrentes de luz. E o dia se escoava tão sereno que a jovem mãe murmurou, fitando, enternecida, o céu azul.

— Nada haverá, Senhor, de mais belo! Jamais serei, na companhia de meus filhos, mais feliz do que sou agora!

A noite veio, porém, alongando sobre a terra o seu manto pesado e sombrio. Nuvens disformes amontoaram-se no firmamento: desabou o temporal. O vento norte uivava como um chacal faminto pelos areais sem fim. Os pequeninos, tolhidos de frio, trêmulos de medo, soluçavam. A jovem mãe destemida aconchegou-os a si, agasalhando-os sob sua túnica, e as crianças, bem abrigadas e protegidas, docemente murmuraram:

— Ó mãezinha querida! O medo já não mais se abriga em nossos corações! A teu lado, mãezinha adorada, nenhum mal nos alcançará!

E a jovem mãe exclamou num ímpeto de alegria:

— Isto para mim, ó Deus, é mais belo e grandioso do que a jornada pelo caminho tranquilo, sob o esplendor do dia! Sinto-me, realmente, feliz! Mais feliz do que ontem! Contra a tormenta protegi meus filhos e lancei, para sempre, em seus pequeninos corações, a semente do destemor e da coragem!

Passou a noite. Louvado seja Deus! A noite passou. Raiou, esplêndida e balsâmica, a alvorada. A estrada, naquele terceiro dia, se estendia ladeirenta pelo dorso de uma montanha alcantilada e perigosa. Era forçoso subir. Subir muito. Os pequeninos sentiam-se fatigados. A jovem mãe quase desfalecia de sede e de cansaço. Fazendo, porém, das fibras coração, mostrava-se animosa, e, sem cessar, dizia aos filhos:

— Vamos! Para cima! Breve chegaremos ao alto! Vamos! Subamos sempre! Subamos!

E essas palavras multiplicavam energias que o esforço constante e excessivo queria aniquilar. E as crianças iam subindo, subindo... Chegaram, finalmente, ao cimo da montanha. A jovem mãe os enlaçou, então, em seus braços carinhosos. E eles lhe disseram:

— Ó mãezinha querida, sem ti não teríamos conseguido vencer estas escarpas, contornar estes abismos e levar a bom termo esta jornada. Sem o teu auxílio incomparável sucumbiríamos em meio da escalada. Sabemos, agora, como superar os grandes tremedais da sorte!

E a delicada mãe, ao repousar naquele dia, semimorta, exclamou arrebatada:

— Ó Deus, clemente justo! O dia de hoje foi para mim melhor ainda do que o de ontem! Sinto-me mais feliz! Mais feliz do que nunca! Ensinei meus filhos a enfrentar, bravamente, os reveses e as tristezas da vida!

No quarto dia, estranhas nuvens cor de chumbo cruzaram o céu. Um rugido surdo, que parecia partir das profundezas ignoradas da terra, enchia o ar, soturnamente. De súbito, a imensa montanha tremeu: rochas descomunais desprenderam-se e rolaram com estrondo para os abismos apavorantes.

Era o cataclismo que começava. Tão altas e densas erguiam-se as colunas de pó, que chegavam a cobrir a face do sol. E as trevas da noite desceram sobre a terra em pleno dia. A morte, com suas garras de fogo, rondava por toda parte. Nem tenda havia, nem caverna ou abrigo, onde um ser humano pudesse ter segura a curta vida. As crianças, presas de cruciante pavor, choravam. E a jovem mãe, serena e forte, lhes dizia:

— Em Deus confiai, meus filhos! Olhai para cima! Deus não nos abandonará!

E os pequenos confiaram em Deus. E Deus os livrou da fúria infrene. Ao findar aquele dia, a mãe exclamou em êxtase, erguendo humilde para os céus os seus olhos cheios de gratidão:

— Este foi o dia melhor de minha vida, Senhor! Ensinei meus filhos a crer em Vós, a confiar em Vós, só em Vós, ó Deus Misericordioso!

Amontoaram-se os dias; sucederam-se os meses; os anos passaram... E a mãe, toda entregue à felicidade e ao bem-estar dos filhos, não sentiu o rolar intérmino do tempo. Os seus formosos cabelos fizeram-se brancos como a neve; o brilho desapareceu de seus olhos; sua face tracejou-se de rugas. Era, enfim, a velhice que chegava. Mas que encanto para a sua vida de mãe! Os filhos crescidos, fortes, cheios de alegria, pareciam redobrar em si a boa seiva que dela partira. Ela, a mãe feliz, curvada ao peso da vida, já mal podia caminhar. Os filhos, porém, ali estavam, a seu lado, para servi-la, honrá-la e obedecer-lhe!

O mais velho dizia-lhe, carinhoso e com desbordante afeto:

— Mãezinha! Quero hoje carregar-te em meus braços! Estás tão fraca e cansada!

Protestava o mais moço com entusiasmo:

— Que egoísmo é esse, meu caro! Hoje é meu dia! Eu, sim, é que irei carregar a mãezinha querida!

E a mãe feliz sorria a um, abraçava a outro; beijava a ambos.

Que bons e delicados eram os filhos para ela. Sim, para o coração materno, fizera pausa o tempo. Eles eram, ainda, os seus filhinhos, os ternos, estremecidos... E ela sentia-se tão feliz, tão feliz, que não achava palavras com que agradecer a Deus!

Um dia, afinal, a mãe ditosa reuniu os filhos e disse-lhes, num fiozinho de voz:

— A minha tarefa está finda, meus filhos. Vou deixá-los. Irei para longe, para muito longe daqui...

O mais velho dizia-lhe, carinhosamente:

— Pois iremos contigo, mãezinha! Ninguém nos poderá separar de ti!

Ela, não sustendo as lágrimas e deixando-as deslizar, insistiu com meiguice:

— Não, querido. Desta vez terei de ir só. Partirei sozinha.

E eles, afeitos à obediência, mais uma vez obedeceram. E a boa velhinha partiu. Foi indo, vagarosamente, toda acurvada, trêmula...

Diante dela, no extremo do caminho, abriram-se dois largos portões que refulgiam cheios de luz. Entrou. Uma voz, que mais parecia um cântico de glória, lhe dizia com infinita mansuetude:

— Vinde a mim, ó mãe feliz! Vinde a mim!

Os filhos, que a vigiavam de longe, viram-na, de repente, desaparecer:

— Ela partiu para sempre! Não a veremos nunca mais! Nunca mais! — exclamaram emocionados. — Mas a santa lembrança dessa mãe querida viverá para sempre em nossos corações! Eduquemos nossos filhos como ela nos educou: na bondade, na obediência, no amor...

E, no silêncio da tarde que caía, lentamente, ouvia-se o sussurro de um chorar longínquo. Calaram-se todos.

Que seria? Era o filho mais moço. O rosto entre as mãos, inconsolável, soluçava de joelhos, à margem da vida, com a dor da saudade a negrejar-lhe o coração:

— Minha mãe! Minha mãe querida!

(De *Minha vida querida*)

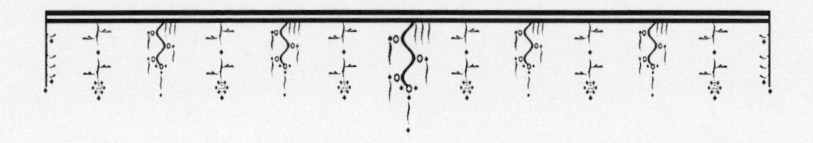

A lenda dos cinco mais cinco

*Livra-me, meu Deus, das mãos do ímpio, das
mãos do homem injusto e cruel.*

Davi, Salmos, 71-4

Em nome de Alá, Clemente e Misericordioso...

Afirmam os matemáticos, asseguram os pacientes calculistas, que a soma *cinco mais cinco* é sempre constante e igual a dez. Por Alá, o Exaltado! Que deplorável ingenuidade! Muitos casos há, posso garantir, em que a conta de *cinco mais cinco* oferece resultados que vão muito além do total previsto pelos crédulos e fantasiosos algebristas.

Como pode ser isso? — perguntará, certamente, o leitor sempre alerta para cooperar com a Verdade. Como pode ser isso?

Cabe-me esclarecer a dúvida e restabelecer o prestígio da aritmética narrando um singular episódio ocorrido no reinado do famoso califa Al-Mutawakil, que a história, sempre severa em seus julgamentos, inclui entre os mais gloriosos soberanos do País dos Árabes.

Al-Mutawakil (que Alá o tenha em sua paz!) chamou um dia o seu digno vizir Calil Sadek e disse-lhe:

— Minha esposa Djohar completa amanhã o seu vigésimo terceiro aniversário. Quero surpreendê-la e encantá-la com um presente original e valioso, Iallah! Pretendo mimosear Djohar com um adereço feito de pérolas.[1] Irás, agora mesmo, ao suque dos mercadores e procurarás, entre os joalheiros, aquele que tiver as gemas mais raras para vender.

O honrado e prestimoso Sadek, inclinando-se diante do seu poderoso amo, respondeu:

— Escuto e obedeço, ó príncipe dos príncipes!

E, sem perda de tempo, partiu para o grande bazar de Bagdá (também chamado suque), onde se reuniam, a partir da primeira prece, os mercadores mais ricos e opulentos da cidade.

A sorte favoreceu o bom vizir do rei. Seguindo as informações de um escriba, conseguiu descobrir um peroleiro damasceno que se dispunha a vender, por preço bastante razoável, pérolas belíssimas, colhidas (dizia ele) entre as ondas revoltas do mar de Omã.

---

[1] *Djohar*, em árabe, significa pérola.

Uma hora depois, o prestativo Sadek, seguido do peroleiro, ingressava no divã real, isto é, na sala de audiência do califa.

Imensa foi a satisfação com que Al-Mutawakil recebeu seu insigne ministro:

— É esse, ó Sadek, o mercador que vende pérolas?

Enquanto fazia essa pergunta, o califa observava, com discreta curiosidade, o peroleiro, correndo-o com o olhar da cabeça aos pés. O sírio era um homem alto, de meia-idade, ombros largos, rosto redondo e pequenos olhos vivos. Usava barba bem cuidada e vestia-se com a sobriedade de uma pessoa fina e de bom gosto. Além de larga faixa, característica dos xeques, ostentava um turbante de seda cor de tâmara com frisos brancos. Mantinha sob o braço esquerdo pesada bolsa de couro.

— Emir dos crentes! — informou o vizir Sadek, com voz pausada —, este damasceno, segundo informações que colhi, é pessoa de bem e goza de bom conceito no suque dos mercadores. Traz da velha Damasco, seu berço, uma coleção de pérolas e deseja vender essa preciosidade por preço bem razoável. É possível que a mercadoria desse rico peroleiro possa agradar ao vigário de Alá, nosso amo e senhor!

Al-Mutawakil (assim diziam os seus biógrafos) não era homem que levasse indecisões na garupa de seu camelo; voltou-se, pois, para o xeque do turbante cor de tâmara e assim falou:

— Diz-me o teu nome, ó irmão dos árabes! Mostra-me as tuas pérolas e faze-me conhecer o preço que pretendes auferir de tua mercadoria.

Interpelado desse modo pelo rei, o mercador sírio ergueu o rosto e proferiu bem alto, placidamente, o salam dos caravaneiros:

— Que Alá, o Exaltado, coloque sob os pés do príncipe o tapete da paz e a areia clara da facilidade e da glória! *Melil elbilad el-Kabir!* (salve o grande rei do país!) Chamo-me Elias Daud Batah, mas os homens da minha terra apelidaram-me o "Xeque dos Imprevistos", pois sei resolver de maneira diferente e imprevisível os pequenos e grandes problemas da vida. Aqui estão, ó sucessor do profeta, as pérolas que desejo vender.

Descerrou o mercador a larga bolsa e retirou duas pequenas caixas de madeira. Abertas as caixas, o rei não ocultou o seu deslumbramento. Cada uma delas, sobre um fundo de veludo roxo, continha cinco pérolas enormes de impecável beleza.

— As cinco pérolas — informou o sírio apontando para uma das caixas — que se acham nesta caixa amarela são verdadeiras. Valem um tesouro e são dignas da virtuosa esposa de nosso generoso e querido califa. As outras, que se acham na caixa escura, tão lindas como as outras, são falsas! Inteiramente falsas! Nesta original coleção de dez pérolas, é difícil, quase impossível talvez, ao mais experimentado perito, distinguir uma pérola falsa de uma verdadeira, pois as ilegítimas apresentam requintes de perfeição, ao passo que nas autênticas percebemos, depois de acurado exame, pequeninas manchas e ligeiros senões. E isso acontece, ó rei do tempo, porque a Verdade, em sua singeleza, tem muitas vezes a aparência da impostura e da fraude, ao passo que a Mentira, para ilaquear a boa-fé, reveste-se com todas as cores da autenticidade e da exatidão.

— E quanto queres, ó xeque dos Imprevistos, pelas tuas pérolas falsas e verdadeiras? — indagou com impaciência o califa.

O mercador, depois de refletir durante alguns instantes, assim falou:

— Cada pérola verdadeira custa apenas dez dinares; cada pérola falsa custará quinhentos dinares. Mas eu só venderei as cinco legítimas àquele que adquirir, também, as cinco imitações.

Al-Mutawakil, ao ouvir aquela desconchavada proposta, cruzou um sorriso. E, com os olhos firmes, meio perplexos:

— Pela memória do nosso Profeta, ó mercador de Damasco! *Ualalu!* É bem estranho que procures vender o falso cinquenta vezes mais caro que o verdadeiro. O certo, o justo, o curial seria que as pérolas autênticas custassem quinhentos ou mil dinares cada uma e que as ilegítimas fossem vendidas, em conjunto, por meia dúzia de moedas!

— Peço perdão, ó rei dos árabes — volveu em tom de cerimônia o mercador. — Vejo-me forçado a discordar de vosso respeitável parecer. A longa experiência da vida ensinou-me que, na realidade, o homem paga sempre, pelo que é enganoso e falso, muito mais do que despende por aquilo que é verdadeiro e sincero. Um amigo falso, por exemplo, custa-nos caro, ao passo que um amigo leal e dedicado não nos causa dissabores nem prejuízos. O jovem que faz um casamento falso arrepende-se, paga com as intermináveis amarguras da existência o passo errado que a ilusão de um momento o levou a praticar; aquele que escolhe uma boa esposa e realiza um matrimônio acertado e feliz prospera e enriquece. Ainda desta vez o falso custou caro. O verdadeiro deixou a impressão de não ter custado meio cequim em relação ao lucro que proporcionou. Baseado em tais argumentos, deliberei fixar para as minhas pérolas preços bem diversos, e esses preços, ao espírito menos avisado, podem parecer desconexos: as falsas custam cinquenta vezes mais caro que as verdadeiras! Faço, nas minhas transações, a imitação exata da vida!

Al-Mutawakil, arguto e inteligente, percebeu que a intenção do mercador era fazer-se diferente e original. Queria justificar o apelido "xeque dos Imprevistos". E resolveu mostrar ao damasceno que ele também, embora califa, prestigioso e rico, não seria facilmente vencido no largo terreno da bizarrice e da extravagância.

Disse, pois, com voz grave, ao peroleiro:

— Aceito a tua proposta. Receberás do meu tesoureiro o preço que acabas de exigir.

Uma nova personagem vai ingressar nesta história. Trata-se do intrigante Ali Fares Neman, tesoureiro de Al-Mutawakil. Chamado pelo califa, o novo vizir do Tesouro compareceu ao divã, fez as contas e declarou que o mercador devia receber dois mil, quinhentos e cinquenta dinares. As moedas foram contadas e entregues ao vendedor de pérolas.

Ali Fares Neman, avarento e mau, trazia sempre na alma uma pequena dose de veneno. Aproximou-se solerte do califa e disse-lhe, muito em segredo, qualquer coisa ao ouvido.

"Que farei agora?", pensou o califa. E como não lhe ocorresse, no momento, uma decisão que lhe parecesse prudente e conciliadora, resolveu interpelar o damasceno:

— Infelizmente, meu amigo, depois de ouvidos os dois peritos em pérolas, a tua situação é delicada. Se eu aceitar, como certo, o parecer do hábil Sabaga, cairá sobre ti grave acusação. Ingrata será a tua sorte. Jamais deixei impune, sob o céu de Bagdá, os impostores e intrujões. Admitido o voto do venerando Maluf, homem sensato e judicioso, ficará ainda assim, pairando sobre o teu nome, a triste sombra da mentira e da leviandade. Ofereces ao califa dos crentes dez pérolas verdadeiras e procuras falsear a verdade, deslustrar esta corte, zombar da nossa magnanimidade, fazendo crer que cinco eram falsas! Exijo, pois, que sejas leal e sincero. Que há de certo e positivo em toda essa confusão?

Ao ouvir as palavras do califa e pensando bem na gravidade da situação, o mercador sírio assim falou:

— Acabais, ó príncipe do Islã, de apelar para a minha sinceridade. Faço da sinceridade ponto de honra da minha vida. A sinceridade é sempre louvável, mas cumpre que seja delicada e prudente. Falar com sinceridade sobre coisas que devemos calar é ser brutal e descaridoso. Logo que a sinceridade ofende e magoa, muda de nome e vira estupidez. A sinceridade é a maneira suave de dizer as verdades que devem ser ditas, sem melindrar. Tem a perfeita sinceridade limites que a boa educação torna intransponíveis. Para atender, pois, ao vosso justo desejo, vou expor, com a maior sinceridade, o que penso sobre este caso sem me afastar uma linha da lealdade e da lisura. Vejo, agora, diante de mim, ó emir dos árabes, três homens notáveis: o vosso tesoureiro Ali Fares Neman e os dois joalheiros de maior renome em nosso país — Sabaga, o cauteloso; e Maluf, o sem rival. Cada um desses muçulmanos agiu, neste particular episódio das pérolas, inspirado pela maneira pessoal com que procura encarar a própria vida. Não os acuso: sobre eles não atiro as flechas da culpa. Julgo-os apenas. O tesoureiro Neman é homem desconfiado. Em seu rosto pálido notam-se as sete rugas da antipatia. Suspeita de tudo e de todos. Tem o coração

cortado e recortado pelos espinhos do receio e da descon-
fiança. Lamento-o. Será sempre um infeliz. A vida para
ele será a eterna tortura entre o medo dos homens e a des-
crença de Deus. Por não confiar jamais nos outros, é incapaz de confiar em si próprio. O honrado Ali Fares Neman,
a meu ver, tomou um roteiro errado pelos caminhos da
vida. Só aqueles que confiam podem ser felizes. Preci-
samos confiar nos amigos, nos homens de bem, em nossos chefes e superiores, naqueles, enfim, que agem com
lisura e retidão. Cumpre-nos confiar nas pessoas dignas
que não deram jamais motivos para suspeitas e desconfianças. E ainda mais: confiar no amor, confiar na bondade,
confiar em Deus!

Neste ponto o peroleiro fez uma pequena pausa, e logo,
retomando a palavra, disse:

— Ali está o rico joalheiro Sabaga. Vejamos o seu papel
neste caso. Conheço-o muito bem, embora seja eu para ele
um desconhecido. É um pessimista. Em tudo, e em todos, só
vê defeitos, imperfeições, vícios e deformidades. Para Sabaga,
a perfeição, a pureza e o requinte não existem. É cego para as
qualidades que adornam as criaturas, mas tem olhos de lince
para descobrir manchas e senões. Se lê um trecho de prosa,
ou um verso, não é para admirar a ideia, mas para sublinhar
negligências. Não louvo a maneira de agir daqueles que pro-
cedem como Sabaga. A vida é curta: apreciemos com alegria
o que há de belo e esqueçamos as máculas e deformidades. A

tendência pessimista de seu espírito leva-o a admitir como falsas pérolas legítimas, verdadeiras. Que Alá me livre desse homem injusto e cruel.

E prosseguiu o damasceno:

— Já bem diverso de Sabaga é o velho Maluf. Tem bom coração; é um simples; encara a vida com benignidade e otimismo. Para Maluf tudo é lindo, gracioso e puro. O bondoso joalheiro só vê qualidades. A indulgência de seu espírito não permite que ele perceba os tristes defeitos e as deploráveis mazelas. Para ele tudo é excelente e nobre. O homem equilibrado será incapaz de agir como Sabaga, o invejoso, que só vê falhas e labéus, mas evita proceder como Maluf, que só reconhece os bons e nobres predicados. Sejamos justos procedendo com nobreza, exaltando também as qualidades e os legítimos valores.

— Basta! — exclamou Al-Mutawakil interrompendo o mercador. — Por Alá! Basta! Aceito, por completo, a tua explicação. Acredito na sinceridade dos teus propósitos e na lisura de tuas palavras. Confio em ti, pois não vejo motivos para alimentar receios e desconfianças. Estou convencido de que adquiri de ti, ó honrado e talentoso damasceno, dez pérolas belíssimas, sendo cinco verdadeiras e cinco falsas! E ao obter de ti as dez gemas fulgurantes, recebi, também, um número, para mim incontável, de belos e preciosos ensinamentos que serão como luzeiros eternos pelos longos e tortuosos caminhos de Alá!

Como vê, meu amigo, da soma de *cinco mais cinco* (diz a lenda) resultou um número que o imaginoso Al-Mutawakil, emir dos crentes, com toda a sinceridade, não conseguiu avaliar.

Uassalã!

(De *Céu de Alá*)

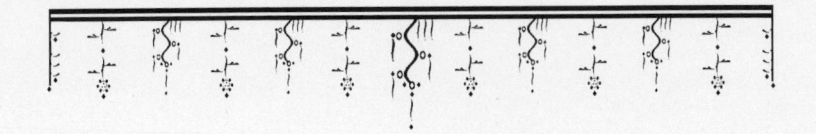

Malba Tahan

O nome de Malba Tahan* está gravado no coração de cada um dos sírios e libaneses do Brasil. É ele a grande figura intelectual brasileira que dedicou sua vida e seu talento à divulgação das coisas orientais em língua portuguesa. Nos seus livros, verdadeiros relicários, repletos de joias lindíssimas, ele tem mostrado sempre um amor imenso pela raça oriental, consagrando em páginas de beleza imortal todas as virtudes dos povos de raça árabe, ressaltando a sua lealdade, a sua sabedoria, a sua bondade, a sua gratidão e o seu heroísmo. Podemos mesmo afirmar que é através dos livros de Malba Tahan que todos os brasileiros conhecem o Oriente.

---

*Malba é uma palavra de origem árabe. Figura entre as derivadas do verbo "Labá", que significa ordenhar. Malba é a denominação dada ao lugar onde eram reunidas as ovelhas para a ordenha.

A melhor tradução para o vocábulo *Malba* seria "aprisco". *Tahan* (o árabe pronuncia "Tá-rran", o *h* aspirado) é um substantivo corrente no idioma árabe. Significa o moleiro, isto é, o homem que prepara o trigo (Suleiman Safady).

Revestidos de uma imensa força de sugestão e poesia, os seus contos e romances têm aproximado o povo brasileiro do espírito oriental, prestando um serviço extraordinário à divulgação da cultura árabe no Brasil.

Cada criança brasileira tem em Malba Tahan o seu amigo, aquele que lhe vem contar lendas maravilhosas, passadas em países de sonho, vividas por personagens de uma raça heroica, leal, boa e sábia. É, pois, pela mão de Malba Tahan que o oriental entra no coração dos brasileiros. Por tudo isso, é Malba Tahan digno da nossa admiração ilimitada, digno do lugar que ocupa no coração de cada um de nós. Malba Tahan é quase uma figura de lenda. É um escritor que sabe tecer suas histórias com o coração, e sabe fazer de sua pena um motivo de terna e suave beleza.

Paulo Mansur

Este livro foi composto na tipografia Aldine
401 BT, em corpo 11/15, e impresso em papel
off-white, no Sistema Digital Instant Duplex
da Divisão Gráfica da Distribuidora Record.